1898 - Octobre 12

VENTE 12, 13, 14 OCTOBRE 1898

Cabinet FOUCART, Valenciennes

TABLEAUX ANCIENS

Incunable Typographique

GRAVURES, LIVRES D'ART & ILLUSTRÉS

JULES DE BRAUWERE, Expert

EXPOSITION

9, 10, 11 et 12 OCTOBRE 1898

WATTEAU

IMP. SEULIN & DEHON - VALENCIENNES

CABINET FOUCART

TABLEAUX

INCUNABLE

GRAVURES, LIVRES D'ART

CONDITIONS DE LA VENTE

La vente se fait au comptant avec augmentation de dix pour cent applicables aux frais.

Après l'adjudication aucune réclamation ne sera admise, l'exposition ayant mis les acquéreurs à même de se rendre compte de l'état et de la nature des objets mis en vente ; après l'adjudication, les objets seront aux risques et périls des acquéreurs.

Les mesures sont indiquées en centimètres ; le premier chiffre indique la hauteur, le second la largeur.

Les Photographies ont été exécutées par M. J. DELSART, photographe à Valenciennes.

ORDRE DE LA VENTE

MERCREDI 12 OCTOBRE : **Gravures et Livres.**

JEUDI 13 OCTOBRE : **Incunable, Tableaux.**

VENDREDI 14 OCTOBRE : **Tableaux, Meubles et Bas-Relief.**

Les gravures et livres dans l'ordre du catalogue.

L'incunable au commencement de la vacation du jeudi.

Les 75 tableaux principaux dans la vacation du jeudi, suivant un ordre qui sera imprimé et affiché.

CATALOGUE

D'UNE TRÈS BELLE COLLECTION

DE

TABLEAUX ANCIENS

Incunable Typographique

GRAVURES, LIVRES D'ART ET ILLUSTRÉS

Délaissés par feu Me Jean-Baptiste FOUCART

AVOCAT

MEMBRE DU CONSEIL ACADÉMIQUE — VICE-PRÉSIDENT HONORAIRE DE LA SOCIÉTÉ DES INCAS

VENTE PUBLIQUE

à Valenciennes, en l'Hôtel du défunt, 84, rue de Famars

MERCREDI 12 OCTOBRE 1898 et deux jours suivants
à une heure précise de relevée

Sous la Direction de **M. Jules de BRAUWERE**, *Expert*
Agréé du Tribunal de Commerce de Bruxelles

Par ministère de MMes Charles GOSTIEAU, Omer LANCIAL
et Fernand SUEUR, Commissaires-Priseurs
à Valenciennes

EXPOSITION

9, 10, 11 Octobre de 10 h. à 4 h., et **12 Octobre**, de 9 h. à midi

VALENCIENNES
IMPRIMERIE SEULIN ET DEHON, 1, RUE DE HESQUES

1898

AVANT-PROPOS

Le 25 Mai dernier, le journal « L'Impartial du Nord » *portait à la connaissance de ses nombreux lecteurs une triste nouvelle tout à fait inattendue : Me Jean-Baptiste Foucart, qui, peu de jours auparavant, plaidait devant le Tribunal de Valenciennes avec la verdeur et l'entrain que tout le monde admirait en lui, venait de mourir inopinément chez son gendre, M. Schommer, à Neuilly-Paris, d'une pneumonie généralisée, et M. Sautteau, maire de Valenciennes, son autre gendre, prévenu par télégramme, avait à peine eu le temps d'arriver pour recueillir son dernier soupir*

M. Foucart, né à Valenciennes le 1er Janvier 1823, avait été inscrit au Barreau de cette ville en 1845 ; il était donc avocat depuis 53 ans.

Comme l'a si bien dit M. Doutriaux, parlant au nom du Barreau Valenciennois et exprimant la pensée intime de tous :

« *Me Foucart était exceptionnellement doué et armé pour réussir. D'une intelligence vive, d'une faculté d'assimilation extraordinaire, d'une mémoire prodigieuse qu'il a gardée intacte jusqu'au dernier jour, d'une puissance de travail qui s'est maintenue entière jusqu'à son dernier souffle : d'une physionomie fine, spirituelle, dont la jeunesse ne fut pas atteinte par les années ; la voix ferme et bien timbrée ; l'esprit orné des connaissances les plus diverses, augmentées chaque jour par un travail incessant, Foucart devait réussir et prit presqu'immédiatement dans notre Barreau une des premières places qu'il devait garder pendant plus d'un demi siècle.* »

Pour le peindre en quleques mots : c'était un esprit judicieux, alerte, vivace ; un logicien impeccable et implacable ; adorant discuter surtout sur des matières qu'il voulait approfondir et relevant, avec un entrain gouailleur, les contradictions chez ceux dont il espérait un enseignement : parfois paradoxal mais présentant ses paradoxes sous un aspect tellement séduisant, avec une logique tellement impitoyable, que ses auditeurs, sous le charme, finissaient par douter de la vérité la plus axiome ; avec cela généreux, d'une obligeance inépuisable et se faisant estimer de ceux-là même qu'il griffait.

Ajoutons qu'à ses heures il était charmant poète.

Dans la position modeste qu'il occupait il ne pouvait se permettre de prendre des spécimens des maîtres de toutes les écoles ; les deux écoles si intéressantes hollandaise et flamande eurent ses préférences parceque son esprit positiviste y trouvait la représentation impressionnante de la vie vécue d'un peuple et l'impression de réalisme jusque dans les compositions religieuses, mystiques ou allegoriques des grands maîtres. Obéissant en cela à son idée dominante, il se proposa de réunir un noyau représentant le criterium de ses deux écoles de prédilection. Malgré ses occupations multiples et absorbantes, il trouva le temps de satisfaire ses goûts artistiques et de réunir autour de lui une collection de tableaux remarquables qu'il allait disputer dans les ventes célèbres à de nombreux compétiteurs.

Nous trouvons inutile de faire assaut d'adjectifs et qualificatifs pour vanter ou établir la valeur des tableaux de la collection; nous nous bornerons à énumérer les principales œuvres, connues de presque tous les amateurs, et dont le « pédigrée » est indiqué après chaque description. Nous mentionnerons ainsi :

*La Scène de Patineurs, d'***Aart Van der Neer,** *et les Cinq Sens, de* **Teniers**, *que M. Foucart possédait déjà en 1860 et dont il nous a été impossible d'établir la provenance.*

Puis, successivement, ses acquisitions en ventes :

A la vente Pierard, à Paris, en 1860 : Le Fumeur, de **Du Sart,** *provenant du cabinet Berré de Haen, à Anvers.*

A la vente Dupire, à Valenciennes, en 1861 : Le Petit Faidherbe, de **Gonzalès Coques,** *provenant du cabinet Schamps d'Aveschoot ; Le Site Accidenté, de* **Jacques Ruysdael**, *provenant du cabinet Goy ; Le Maréchal-Ferrant, de* **Pierre Wouwerman**.

A la vente Tencé, à Lille, en 1861 : Le Banquet de l'Enfant prodigue, de **Simon De Vos,** *gravé et probablement celui de la vente Rubens, en 1641, mentionné sous le n° 241 du catalogue.*

A la vente de la célèbre Galerie Van den Schrieck, à Louvain, en 1861 : La Mort de Sainte Catherine, de **Rubens,** *provenant de l'église Sainte-Walburge, à Anvers ; Une Descente de Croix, également de* **Rubens,** *gravée par N. Lauwers et provenant des cabinets Kersmaker et Van Parys, descendants par alliance du grand maître ; Le Site d'Italie, de* **Nicolas Berchem,** *gravé par Coulet sous le titre :*

Rendez-vous à la Colonne, lorsqu'il faisait partie du cabinet du comte de Baudouin ; l'Intérieur d'Appartement, de **Pieter De Hooch**, *provenant du cabinet Meffre aîné ; La Scène rustique d'***Adrien Van de Velde**.

A la vente Houyet, Bruxelles, 1867 : La Pêche, de **David Teniers**, *provenant de la galerie du prince Auguste d'Arenberg et du cabinet Lambert Nieuwenhuys.*

A la vente Neven, Cologne, 1879 : L'Astronome, de **Van der Meer**, *de Delft ; Les Apprêts de la Promenade, de* **Gonzalès Coques** ; *Le Paysage boisé de* **Corneille Huysmans**, *de Malines; Les Marchands de Chansons, d'***Isack Van Ostade**, *provenant du cabinet du comte Kouchelef-Besborodko, à Paris : Le Paysage avec Cascade de* **Jacques Ruysdael** ; *La Bonne Aventure, de* **Jan Victors**, *provenant de la vente Weyer, à Cologne, en 1862, où il fut adjugé sous le nom de Rembrandt à M. Barthold Suermondt ; L'Intérieur de l'Eglise de Delft, d'***Emmanuel de Witt**.

A la vente Courtin, Valenciennes, 1879 : Le petit Saint Christophe, de **Patenier**, *payé mille francs en 1874 à la vente Bauchau, à Bruxelles.*

A la vente de Malherbe, Valenciennes, 1883 : La Pleine Mer, de **Willem Van de Velde**, *provenant du cabinet Scherpenzeel-Thys, à Bruxelles ; L'Entrée du Cloître de Sainte Agathe, à Delft, de* **Van der Meer**, *de Delft, provenant du cabinet Locoge, à Douai ; la Mise au Tombeau, de* **Jean Livens**, *provenant du cabinet Dumont, de Cambrai.*

En 1860, il avait acheté le superbe et vaste hôtel de la rue de Famars, et c'est d'alors que datent les acquisitions importantes aux ventes Pierard, Tencé, Van den Schrieck, en 1860 et 1861, qu'il a si heureusement complétées aux ventes Houyet, Neven, Courtin, de Malherbe, etc. Dans cet hôtel il avait trouvé une vingtaine de tableaux encastrés dans les boiseries des divers salons, entre autres les deux **Pater** *et les deux* **Van Oost,** *qui figurent au présent catalogue sous les nos 86 — 87 — 137 — 138.*

Nous avons eu la curiosité d'examiner les titres et les parchemins de l'hôtel qu'il habitait, hôtel historique qui date de 1625 et qui a subi les vicissitudes les plus diverses.

Il fut originairement construit pour les moines de l'Abbaye de Saint-Aubert, à Cambrai, de l'ordre des chanoines réguliers de Saint-Augustin, pour servir de maison de refuge et en même temps de résidence au prince-archevêque de Cambrai.

En 1637, les moines exposèrent à l'archevêque que cette propriété leur était onéreuse et que le produit de sa vente leur donnerait le moyen d'acheter, à Douai, des propriétés qui leur seraient plus utiles.

Le 10 Juillet 1637, François Van der Burch, archevêque et duc de Cambrai, prince du Saint-Empire, comte du Cambrésis, leur donna l'autorisation de vendre.

Le 3 Août 1637, la propriété fut vendue à Jean Jacquière, échevin de la ville de Valenciennes, et ce pour lui et tous ses descendants.

Le 8 Octobre 1686, Jean Jacquière, devenu prévôt de Valenciennes et veuf de dame Adrienne Hardenbourg, vend la propriété à Charles-Albert Le Hardy, écuyer, seigneur de Famars, ancien échevin de cette ville.

Le 13 Février 1768, les héritiers de Charles-Albert Le Hardy : 1° Charles-Alexandre-François-Joseph Le Hardy, écuyer, seigneur de Famars, Aulnoye, etc. ; 2° Jean-François-Valentin Le Hardy de Caumont, ancien capitaine au régiment de Rohan, vendent le bien à Jean-Baptiste de Sars, écuyer, seigneur de la Mouzelle.

Quinze ans plus tard Jean-Baptiste de Sars transmet la propriété à Gilles-Louis-Joseph, chevalier de Wallers, qui émigra en 1793 et eut ses biens confisqués.

Le 18 Avril 1794 (29 Germinal an III), le bien est vendu par le Directoire du District de Valenciennes à Jean-Baptiste-Marie-Joseph Tornezy.

Le 26 Mai 1795, Tornezy, par échange, transmet la propriété à François Brassart et Marin Jacquemont.

Le 27 Mai 1797, Brassart et Jacquemont vendent leur propriété à Louis-Henri-Joseph Dubois-Fournier, qui paye avec des fonds à lui remis par le chevalier de Wallers.

Le chevalier de Wallers, rayé de la liste des émigrés, redevenait le 3 Juin 1825, propriétaire par acte authentique où Dubois-Fournier déclare lui céder tous ses droits et avoir reçu le prix.

Le 5 Mars 1832, à la mort du chevalier Gilles-Louis-Joseph de Wallers, le bien passe à ses deux filles Marie-Ursule et Eugénie-Aimée, qui, devenues veuves, vendent le bien, le 28 Mai 1832, à M. et Mme Duriveau.

Le 8 Septembre 1855, après la mort de ces derniers, dans la vente avec ses co-licitants, le fils, Duriveau-Carlier, devient seul propriétaire.

Le 4 Juillet 1860, Duriveau-Carlier vend la propriété à M. Jean-Baptiste Foucart.

En 224 ans, elle a donc changé 14 fois de propriétaire, soit 16 ans par propriétaire.

Nous ne terminerons pas sans rappeler que Me Foucart a donné, de son vivant, plusieurs tableaux très intéressants au Musée de Valenciennes, et qu'aux Musées du Louvre, il a donné entre autres deux tableaux de l'époque gothique flamande et un magnifique buste en bronze, œuvre hors ligne de Carpeaux, provenant de la vente Beauvois.

Septembre 1898.

JULES DE BRAUWERE.

GRAVURES

1. — Lot de Photographies diverses.

2. — Lot de Gravures et Lithographies diverses.

3. — Vingt-neuf Lithographies de la publication l'*Artiste*.

4. — Vingt gravures diverses en largeur.

5. — Vingt Estampes diverses et dix Portraits.

6. — WHATLEY. Quatre Gravures : Jeux d'enfants.

7. — MARILLIER. Trois Estampes de la suite : Tableaux des Français.

8. — OZANNE. Soixante-treize Planches des Ports de France et de ses Colonies, gravées par Gouax.

9. — C. GALLE Dix Paysages avec sujets de l'Ancien et du Nouveau Testament.

10. — S. VALLÉE. Quatre paysages d'après Poussin.

11. — VAN DER VENNE. La grande Nasse du mariage et trois Eaux fortes de Hédouin.

12. — Neuf Ports et Villes célèbres.

13. — Cent cinquante Vues de villes, châteaux, etc., d'Allemagne, de Hollande, etc., au 16me siècle.

14. — Douze Gravures diverses.

15. — Vingt et un sujets religieux.

16. — Six Photogravures d'après Stevens et Gervex : Panthéon de la Révolution : 640 personnages

17. — GAVARNI Six Lithographies.

18. — LOMMELIN. Portraits de Jean De Wael et de Bolswert d'après Van Dyck.

19. — Six Planches de la Galerie du duc d'Orléans.

20. — Six Madones d'après Raphaël.

21. — CALLOT. Vingt-cinq Gueux numérotés 1 à 25.

22. — CALLOT. Douze Seigneurs et Dames, numérotés 1 à 12.

23. — SURUGUE. Les quatre Saisons d'après Teniers.

24. — Neuf Gravures diverses d'après Teniers.

25. — A. VAN OSTADE. Quatorze Eaux fortes, numérotées 1 à 14.

26. — A. VAN OSTADE, Six Eaux fortes, numérotées 53 à 56, 58, 59.

27. — GAUCHEREL. — Bords de la Meuse d'après Salomon Ruysdael.

28. — Quatre petites Eaux fortes, d'après Pater.

29. - R. G. Le Chien de Goltzius.

30. — REMBRANDT. Le bon Samaritain devant l'Hôtellerie.

31. — A. P. COULET. Le Rendez-vous à la Colonne, d'après Berchem.

32. — PONTIUS. Portrait de Publius Cornelius Scipion l'africain, d'après Rubens.

33. — .... L'Enfant prodigue, d'après Simon De Vos.

34. — N. LAUWERS. Descente de Croix, d'après Rubens, deux Exemplaires.

35. - Sept Gravures modernes en hauteur.

36. — LAVIEILLE. Album des douze Mois de l'année, d'après Jacque.

37. — DANSE. Portrait de Fétis, d'après Slingeneyer.

38. — La Mère nourricière, de Millet, et La Médée, de Delacroix.

39. — DESNOYERS. Bélisaire, d'après Gérard.

40. — FLAMENG. Notre-Dame du Saint-Cordon, d'après Carpeaux.

41. — CRAUK. Le Groupe de la Danse, d'après Carpeaux, avant lettre.

42. — Portrait de femme, d'après Léonard.

43. — LEMERCIER. Quatre gravures d'après Léonard : Portrait de Fischer ; Vision ; Les premières Cerises ; La Fête de Rose.

44. — Onze gravures, sujets variés.

45. — SALVATOR ROSA. La Chute des Titans.

46. — PITAU. La Fuite en Egypte, d'après François de Tyr.

47. — POILLY. La Salutation de Sainte Elisabeth, d'après Lebrun.

48. — MORIN. Extase de Saint Bernard, d'après Ph. de Champagne.

49. — VOYEZ. Saint Grégoire obtenant un miracle à la Messe, d'après Carle Van Loo.

50. — Combat d'Hercule et d'Acheloüs, d'après le Guide.

51. — C. VISSCHER. Cabaret hollandais, d'après A. Van Ostade.

52. — WILLE. Deux gravures d'après Dietricy : Les Musiciens ambulants et Les Offres réciproques.

53. — DE LARMESSIN. Deux gravures d'après Pierre : Le Savoyard et La Savoyarde.

54. — Trois gravures d'après COYPEL : Le Satyre indiscret, par Desplaces ; Adrienne Lecouvreur, par Drevet ; Charlotte Desmarès, par Lépicié.

55. — Quatre gravures d'après RAPHAEL : La Pomme de Discorde ; La Vierge au Livre du Musée du Louvre ; Adam et Eve chassés ; Inauguration d'un Pape.

56. — Deux gravures d'après CORRÈGE : La Vertu Triomphante, par Picart le Romain ; Mère et Enfant, par Alph. Leroy.

57. — Quatre gravures d'après TITIEN : Enlèvement de Ganymède, par Audran ; Tête d'homme et Tête de vieillard, par Lemercier ; un Guerrier.

58. — Dix gravures d'après RUBENS : Abraham et Abimélech ; quatre sujets de la galerie de Médécis, par Nattier ; Le Christ expirant ; Suzanne surprise par les Vieillards, par Vorsterman ; L'Erection de Croix ; Le Christ entre les deux Larrons ; Le Christ expirant.

59. — Six gravures d'après VAN DYCK : Le bienheureux Hermanus, par Pontius ; Ecce Homo ; Portrait d'homme, par Masson ; Le Christ entre les deux Larrons, par Bolswert ; Le Christ abreuvé de Fiel ; Saint François et les Saintes Femmes au pied de la Croix.

60. — LÉONARD. La Plantation d'un Calvaire, d'après Jules Breton.

61. — Quatre compositions de Madou de sa suite des différents siècles.

62. — LAVIEILLE. Les quatre heures du jour, d'après J.-F. Millet.

63. — LÉONARD. Le serment des Valenciennois, le 30 Mai 1793, de défendre leur ville à outrance.

64. — Deux gravures d'après POUSSIN : Moïse sauvé, par Mariette, et le Miracle de Saint Pierre et de Saint Jean, par Stella.

65. — LE BAS. Deux vues de Scheveninge, d'après Van Drever.

66. — THOMASSIN. La Transfiguration d'après Raphael ; en deux feuilles.

67. — Deux sujets d'après Teniers : Teniers et sa famille par Le Bas, et la Rencontre des flamands par De la Barthe.

68. — MOYREAU. Quatre sujets d'après Philippe Wouwerman : La Buvette des dames ; L'Arrivée des chasseurs ; Le Présent du chasseur ; Départ pour la chasse au vol.

69. — Deux sujets d'après Wouwerman : L'Abreuvoir par Rousseau ; Halte de cavaliers par Le Bas

70. — LEMPEREUR, Triomphe de Silène, d'après Van Loo.

71. — AVRIL. Phèdre et Hippolyte d'après Granger.

72. — CARDON. L'empereur François, à son avènement en 1793 assure au Brabant le maintien de ses lois constitutionnelles ; d'après J. François.

73. — POLETNICH. Le Roi de la fève, d'après Jordaens.

74. — LE BAS. Vue de Lokeren, d'après Breughel de Velours.

75. — AVRIL. Le Fils ingrat, d'après Greuze.

76. — Six gravures diverses.

77. — L. LISBONIS. Panneaux et frises. Paris. Laurens 1895, in-4° en feuilles.

LIVRES

78. — DE CAUMONT. Archéologie des écoles primaires. Caen 1868, in-12, d.-r.

79. — DE CAUMONT. Abécédaire d'archéologie architecturale civile et militaire, Paris, 1858, in-12, d.-r.
— Abécédaire d'archéologie Gallo Romaine. Paris 1862, in-12, d.-r.
— Abécédaire d'archéologie, architecture religieuse. Caen, 1859, in-12 br.

80. — MULLER. Manuel Roret d'archéologie, 40 planches. Paris, 1842, in-8 obl.

81. — GUICCIARDIN. Description de tout le Païs Bas avec cartes, vues de ville et portraits. Anvers, Silvius, 1507, in-4, r. parch.

82. — ALEXANDRE LENOIR. Musée des Monuments français, statues, bas reliefs, tombeaux. Paris, Guilleminet, 1820 à 1821, 8 vol. in-12, d.-r. et coins chagrin. Gravures.

83. — J. LINNIG. Album historique de la ville d'Anvers, avec notices par Mertens. Anvers, Buschman, 1868, in-fol., d.-r. v. d. s. t.

84. — AUBIN-LOUIS MILLIN. Antiquités nationales ou recueil de Monuments pour servir à l'histoire de l'Empire français. Paris, Drouhin, 1790, 5 v. in-4, r. v. Gravures.

85. — MILLIN. L'Orestéide ; description de deux bas-reliefs du palais Grimani à Venise, Paris, 1817, in-4, br.

86. — VIOLLET LE DUC. Dictionnaire raisonné du Mobilier français, de l'époque Carlovingienne à la Renaissance. Paris, Morel, 1858 et 1871 à 1875. 5 v. in-8, br. Gravures.

87. — GEORG ZOEGA. Die antiken, bas reliefe von Rom. Gravures de Thomas Piroli. Giessen, 1811, 2 v in-fol., d.-r. mar.

88. — ZUANELLI. Roma Sotterranea. Rome, 1737, in-fol., d.-r. et coins v. tête dorée.

89. — Ricordo della certosa di Pavia, in-4 obl. Suite de photographies.

90. — Voyage pittoresque de la Grèce. Paris, 1782, tome I, 126 pl. et 200 pages de texte in-plano, cart.

91. — Description des principales cathédrales de l'Europe, avec planches, gr. in-fol., d.-r.

92. — Promenades d'un artiste : Bords du Rhin, Hollande et Belgique, 26 gravures. Paris, Renouard, in-8 cart.

93. — Album universel reproduisant des vues de tous les pays. Paris, L Boulanger, 40 fascicules, in-4 obl., br., 640 vues.

94. -- La Galerie agréable du Monde ; ouvrage publié en 66 tomes. Partie concernant la Hollande et reproduisant les costumes, cartes, châteaux, monuments. Leide Van der Aa, 3 vol., in-fol., d.-r. v.

95. — Bas-Reliefs du Parthenon et du temple de Phigalie, gravés par le procédé Collas. Paris, Didot, 1860, in-fol. obl., rel.

96. — Vues et Monuments de différents pays ; gravures en taille-douce. Tours, Berthiault, in-4, rel.

97. — Observations historiques et critiques sur les Temples anciens et modernes. Londres, 1774, in-12, rel. v.

98. — JACQUEMIN. Histoire générale du costume civil, religieux et militaire du IVe au XIIe siècle. Paris, Delagrave, 1 vol. in 4, br.

99. — OSCAR SCHNEIDER. Principaux types des êtres vivants des cinq parties du Monde.

100. — Diversité d'habillements à la mode Recueil de 35 planches gravées réunies en album. Paris, Estienne Dannel, 1630, petit in-4, d -r v.

101 — DE BURTIN. Traité des Connaissances nécessaires à tout amateur de tableaux. Valenciennes. Lemaître, 1846, in 8, d.-r. v.

102. — SALOMON DE CAUS. La Perspective avec la raison des ombres et miroirs. Francfort, Hulsius, 1612, in-fol, rel. v.

103. — LÉONARD DE VINCI. Traité élémentaire de la peinture, avec 58 figures. Paris, 1803, in-12, rel. v.

104. — RAFFAELLE DUFRESNE. Trattato della pittura di Lionardo da Vinci. Bologne, 1786, in-fol. cart.

105. — Traité de la peinture de Léonard de Vinci, traduit en français. Paris, Langlois, 1651, in-fol., d.-r. v.

106. — ETEX. Cours élémentaire de dessin, Paris, in-4 en feuilles.

107. — Souvenirs d'un artiste. Paris, Dentu, in-8, br.

108. — RENÉ MÉNARD. Bibliothèque populaire des écoles de dessin, 32 v.,in 16, cart.

109. — CHARLES MONNET. Anatomie. 42 pl. in-4 en feuilles.

110. — PAILLOT DE MONTABERT. Traité complet de la peinture. Paris 1829 à 1851, 9 v. in-8 br. et 1 v. de planches in-4, br.

111. — VIOLLET-LEDUC. Histoire d'un dessinateur, comment on apprend à dessiner, illustré de 109 fig. Paris, Hetzel, in-8, br.

112. — Bibliothèque de l'Enseignement des Beaux-Arts. Paris, Quantin, 17 vol., in-12, cart
COLLIGNON. Archéologie grecque.
MARTHA. Arch. étrusq. et rom.
MASPERO Archéologie égyptienne.
DECK. Histoire de la Fayence.
GONSE. L'Art japonais.
BAYET. L'Art byzantin.
MERSON. Les Vitraux.
GERPACH. La Mosaïque.
DUVOIL. Anatomie artistique.
A.-J. WAUTERS. La Peinture flamande.
P. GIRARD. La Peinture antique.
CHESNEAU. La Peinture anglaise.
LECOY DE LA MARCHE. Manuscrits et Miniatures.
CORROYER. Architecture romaine.
LE CHEVALLIER. Les Styles français.
LAVOIX. Histoire de la musique.
LAVOIX. La Musique française.

113. — Histoire des peintres de toutes les écoles. Paris, Renouard 1861 à 1876, 14 v. in-4, d.-r. et coins chagrin tête dorée.

Charles Blanc. Ecole hollandaise, 1861, 2 v.

Charles Blanc. Ecole française, 1862. 3 v.

W. Burger. Ecole anglaise, 1863, 1 v.

Ch. Blanc, Mantz, Michiels, Silvestre et Wauters. Ecole flamande 1864, 1 v.

Ch. Blanc, Mantz, Chaumelin et Lafenestre, Ecoles d'Italie 1868 à 1876. 5 v.

Ch. Blanc, Mantz, Burger, Viardot et Lefort. Ecole espagnole 1869, 1 v.

Ch. Blanc Mantz et Demmin Ecole allemande, 1875, 1 v.

114. — BOURNAND. Histoire illustrée des Beaux-Arts et des Arts appliqués à l'industrie. Paris, 1885, gr. in-8, br.

115. — EUGÈNE FROMENTIN. Les Maîtres d'autrefois. Paris, Plon, 1876, in 8, br.

116. — LOUIS GONSE. L'Art gothique : Architecture, Peinture, sculpture, décor. Paris, Quantin, in-fol., cart.

117. — HÉDOUIN. Peintres, musiciens, littérateurs, artistes dramatiques du ^{me}15 siècle jusqu'à nos jours. Paris, 1856, in-8, br.

118. — HUARD. Histoire de la peinture italienne, depuis Prométhée jusqu'à nos jours. Paris, Delaunay, 1834, in-12, br.

119. — PAUL LACROIX. Les Arts au moyen âge et à l'époque de la Renaissance ; 19 planches chromolithographies par Kellerhoven et 400 gravures sur bois. Paris, Didot, 1869, gr. in-8, d.-r. chagrin.

120. — PAUL LACROIX et FERDINAND SERÉ. Le Moyen-Age et la Renaissance. Paris, 1848 à 1851, 5 v. in-4, d.-r. maroq. tête dorée.

121. — LANZI. Histoire de la peinture en Italie, traduction de Dieudé. Paris, 1824, 5 v. in-12, d.-r.

122. — LECOY DE LA MARCHE. Le 18me siècle artistique, illustré de 19 gravures. Lille, Desclée et De Brouwer, 1892, gr. in-8, br.

123. — Un second Exemplaire du même ouvrage.

124. — TH. LEJEUNE. Guide de l'amateur de tableaux. Paris, Renouard, 1864, 3 v. gr. in-8, d.-r.

125. — TULLO MASSARANI. L'Art à Paris. Paris, Renouard, 1880, 2 v. in-8, br.

126. — RENÉ MENARD. Histoire des Beaux-Arts, illustrée de 414 gravures représentant les chefs-d'œuvres de l'art à toutes les époques. Paris, 1875, gr. in-8, rel.

127. — EMILE MICHEL. Etudes sur l'histoire de l'Art. Paris, Hachette, 1895, in-12, br.

128. — ALFRED MICHIELS. Histoire de la peinture flamande depuis ses débuts jusqu'en 1864. Paris, 1865 à 1876, 10 v. in-12, br.

129. — ALFRED MICHIELS. L'Art flamand dans l'Est et le Midi de la France. Paris, Renouard, 1877, in-8, br.

130. — ALFRED MICHIELS. Histoire de la peinture flamande et hollandaise. Bruxelles, Van Dale, 1845, 4 v. in-12, d.-r.

131. — ROGER MILES. La Peinture décorative, dessins et modèles. Paris, Rouam in-8 cart.

— LOUIS BAUZON. La Sculpture décorative modèles et dessins. Paris, Rouam, in-8, cart.

132. — GEORGES PERROT et CHARLES CHIPIEZ. Histoire de l'Art dans l'antiquité. Paris, Hachette, 1885 à 1897, 6 v. gr. in-8, br. Le 7me vol. en cours de publication, commencé en Avril 1897 : manque les feuilles 49, 50, 57, 58.

133. — EMILE REIBER et CLAUDE SAUVAGEOT. L'Art pour tous, encyclopédie de l'art industriel et décoratif. Paris, Quantin, 15 v. in-fol., cart.

134. — A.-F. RIO. De l'Art chrétien ; avec épilogue. Paris, Hachette, 1861. 6 vol. in-12, d.-r.

135. — LOUIS DE RONCHAUD. La Tapisserie dans l'antiquité. Paris, Rouam, 1864, in-8, br.

136. — VAN DER WILLIGEN. Les Artistes de Harlem, et précis sur la Gilde de Saint-Luc. Harlem 1870, in-8, br.

137. — G.-F. WAAGEN. Manuel de l'histoire de la peinture. Ecoles allemande, flamande et hollandaise, traduction de Hymans et Petit. Paris, Renouard, 1864 3 v. in-12, d -r. chagrin.

138. — WINKELMAN. Histoire de l'art du dessin (Storia delle arte, etc.), traduit de l'allemand en italien. Rome, Pagliarini, 1783. 3 v. in-4, d.-r.

139. — WINKELMAN. Histoire de l'art chez les anciens, traduite en français par Huber. Paris, 1802. 3 v. in-4, d.-r. et coins mar. rouge, tête dorée.

140. — WRIGHT. Histoire de la caricature ; traduction de Sachot. Paris, Garnier, illustrée de 238 gravures.

— CHAMPFLEURY. Histoire de la caricature au Moyen-Age, dans l'antiquité et à l'époque moderne. Paris, Dentu, 1867-1871, 3 v. in-12, br.

141. — L'Exposition de Paris 1889, illustrée. 4 v. in-fol., ensemble 640 pages en livraisons.

142. — Société des Incas, fondée en 1826. Fêtes populaires du 40e anniversaire, en Juin 1866. Souvenirs photographiques par Bernard et Nugues. Valenciennes, Louis Henry, 1867. in-fol., rel. maroq., doré s. tr.

143. — Fêtes du Centenaire à Valenciennes ; marche historique des 21 et 22 Juillet 1895. 24 planches ; illustrations de J. Delsart Valenciennes, Giard, 1895. in-4 en feuilles.

— 2 programmes officiels des mêmes fêtes.

144. — A. DINAUX. Description des fêtes populaires données à Valenciennes en Mai 1851 par la Société des Incas. Lille, Van Ackere, 1856 in-8, d.-r. et coins chagrin, planches gravées, album broché.

145. — MAKART. Cortège historique de la ville de Vienne : Noces d'argent de LL. MM. François-Joseph et Elisabeth, le 27 Avril 1879. Album gr. in-fol. sur vélin, 50 héliogravures d'après les cartons de Makart ; tiré à 500 ex. numérotés : planches détruites après le tirage. Exemplaire n° 184.

146. — Le même ouvrage ; exemplaire n° 480.

147. — J.-B. FOUCART. Fêtes populaires données à Valenciennes en 1851 par la Société des Incas. Valenciennes, Binois-Cambray, 1866. in-fol. obl., cart , 2 exemplaires.

148. — MAUROY. Reims à travers les âges : Souvenir de la grande cavalcade de bienfaisance du 5 Juin 1881 : 24 gravures de Savoye. Reims, Michaud,1881, in-8, br.

149. — Description de la cavalcade exécutée par les écoliers du Collège de la Compagnie de Jésus, à l'occasion du Jubilé de 400 ans du Très Saint Sacrement de Miracle, à Bruxelles, les 16 et 29 Juillet 1770. Bruxelles, Van den Berghen, in-4, rel. v.

150. — Souvenir de la fête d'inauguration du monument de Marceline Desbordes-Valmore, le 13 Juillet 1896. Douai, 1896, in-4, br.

151. — Rétable polyptyque du maître-autel de l'église d'Anchin, par MEMLING : suite de 8 photographies.

152. — A. COLIN. Dessins et lithographies d'après les grands maîtres. Paris, Hetzel, 1867, in-fol. en feuilles.

153. — DE HAISNES. La vie et l'œuvre de Jean Bellegambe ; planches en héliogravure. Lille, Quarré, 1890, gr in-8, br.

154. — DE HAISNES. L'art chrétien en Flandre : le rétable d'Anchin. Douai, Adam, 1860, in-8, cart.

155. — BELLOC. La Vierge au poisson de Raphael. Paris-Lyon, 1833, in-12, br.

156. — ALPHONSE CHIGOT. Charges et croquis. Valenciennes, Giard, 1893, in-4, 25 pl. en album.

157. — COMTE DE CAYLUS. Histoire de Joseph fils du patriarche Jacob, d'après Reimbrandt. Amsterdam, Neaulme, 1757, in-fol., d.-r. et coins chagrin.

158. — DE LARMESSIN. Les Augustes représentations de tous les roys de France, depuis Pharamond, jusqu'à Louis XV. 65 planches. Paris, Hurand, 1714, in-4, d.-r. v.

159. — DESCAMPS ET D'ARGENVILLE. Vies des peintres flamands, hollandais, italiens et français. Marseille, Barile, 1842, 5 v. in-8, d.-r. mar.

160. — GUSTAVE DORÉ. La Sainte Bible, traduction selon la Vulgate, par J.-J. Bourassé et P. Janvier. Illustré de 230 dessins. Tours, Alfred Mame, 2 v. in-fol. en feuilles.

161. — GUSTAVE DORÉ. L'Enfer du Dante, texte italien et français. Paris, Hachette, 1861, in-fol., rel.

162. — EMIXON. Album de la vie de Jésus Christ ; planches gravées d'après les grands maîtres, in-4, d.-r. mar.

163. — FERNIQUE. Collection de 60 photographies d'après les œuvres de Carpeaux. Paris, Abel Pilon, in-4.

164. — PAUL FOUCART. La Jeunesse de J.-B. Pater. Paris, 1894, in-4, br.

165. — THÉOPHILE GAUTIER, ARSÈNE HOUSSAYE et PAUL DE SAINT-VICTOR. Les dieux et les demi-dieux de la peinture ; illustrations par Calamatta. Paris, Morizot, 1864, in-8, d.-r. chagrin.

166. — HENRI HAVARD. Van der Meer de Delft. Neuf gravures. Paris, in-4, br.

167. — RÉVEIL. Œuvres de J.-A. Ingres, gravées au trait sur acier, 102 planches. Paris, 1851, in-4, d.-r.

168. — F. KELLERHOVEN. Chefs-d'œuvres des grands maîtres reproduits en couleurs ; texte par A. Michiels. Paris, Didot, in fol. Adoration des Mages, de Lothener. Baptême du Christ, de Memling. Mariage de Sainte-Catherine de Memling. Descente de Croix de Quentin Metsys. St-Bernard écrivant la Vie de Jésus, de Filippino Lippi. Déposition de la Croix, de fra Angelico de Fiesole.

169. — KLEIN. Galerie historique des illustres Germains, depuis Arminius, avec leurs portraits et la représentation des traits principaux de leur vie. 29 planches Paris, Renouard, 1806, in-fol, cart.

170. — CH. JACQUE et L. MARVY. Cent douze eaux fortes sur papier de Chine. Paris, Marchant, 1843, in-4 en feuilles.

171. — LANDON. Annales du Musée et de l'Ecole moderne des Beaux-Arts, reproductions au trait. 6 v. in-12 cart., Salons de 1808, 2 v. ; 1810, 1 v. ; 1819, le 1er v.; 1814 ; 1 v.; 1817, 1 v.

172. — LEBRUN. Galerie des peintres flamands, hollandais et allemands. 201 planches gravées et texte. Paris, 1792, 2 v. in fol., d.-r. et coins maroquin.

173. — Notice sur le peintre A.-E. Michallon, avec reproduction de 20 de ses œuvres, in-fol. en feuilles.

174. — EMILE MICHEL. Jacob van Ruysdael, et l'école de Harlam. Paris, petit in-4, br.

175. — EMILE MICHEL. Les Van de Velde, 70 gravures dans le texte et 3 hors texte. Paris, Allison, in-4 br.

176. — ALFRED MICHIELS. Rubens et l'école d'Anvers. Paris, Delahays, 1854, in-8, d. r.

177. — ALFRED MICHIELS. Van Dyck et ses élèves, avec huit eaux-fortes du maître. Paris, Renouard, 1882, gr. in-8, br.

178. — PICART LE ROMAIN. Images des héros et des grands hommes de l'antiquité, d'après des médailles, des camées, etc. Amsterdam, 1731, in-4, rel. v.

179. — ALFRED RETHEL. Suite de huit gravures sur bois reproduisant les fresques de Albert Baur et Joseph Kehren, qui décorent la salle du Couronnement. à Aix-la-Chapelle et représentent les sujets principaux de la vie de Charlemagne. Leipzig, 1870, in-plano obl., en portefeuille.

180. — REVEIL. Œuvre de Canova ; texte par Delatouche. Paris, Audot, 1825, gr. in-8, d.-r. mar.

181. — J.-F.-J. SALY. Recueil de 32 vases d'ornement Rome, 1746, in-fol., d.-r. et coins mar , tête dorée.

182. — MORIZ THAUSING. Albert Durer, sa vie et ses œuvres; traduit de l'allemand par Gustave Gruyer. 75 grav. en taille-douce et bois. Paris, Didot, 1878, gr. in-8, d. r. et coins mar., tête dorée.

183. — C. VOSMAER. Rembrandt, sa vie et ses œuvres. La Haye, 1877, gr. in-8, br.

184. — VAN WESTRHEENE. Paulus Potter, sa vie et ses œuvres La Haye, Nyhoff, 1867, in-8, br.

185 — CESARE VECELLIO. Costumes anciens et modernes, en italien et en français. Paris Didot, 1859, in-12, br., 234 planches.

186. — VIOLLET-LEDUC Peintures murales des chapelles de N.-D. de Paris, relevées par Maurice Ouradon. Paris, Morel, 1868, in-fol., 62 planches coloriées ; en feuilles.

187. — ALBERT WOLFF. Figaro-Salon de 1889. Paris, Goupil et Cie. 5 fascicules in-fol. en feuilles.

188. — ALBERT WOLFF. Figaro-Salon de 1890. Paris, Goupil et Cie. 6 fascicules in-fol.

189. — YUNG. Album de 20 batailles de la Révolution et de l'Empire. Paris, Plon, 1800, in-fol. obl., rel.

190. — Recueil de 58 planches gravées par les meilleurs artistes de la fin du XVIIIe siècle ; principales scènes des 12 chefs-d'œuvres dramatiques de Racine, d'après les dessins de Gérard, Girodet, Taunai, Chaudet, Peyron, Serangely et Moitte ; frontispice par Prud'hon, in-fol., d.-r.
— 21 planches de la même suite.

191. — Galerie des peintres les plus célèbres, avec reproductions au trait de leurs principaux ouvrages Paris, Didot, 1844 à 1846, 12 v. in 4, rel.
— Peintres de l'antiquité, 1 v.
— Raphael Sanzio, 4 v.
— Dominique Zampieri, 1 v.
— Corrège et Parmesan, 1 v.
— Michel-Ange, Bandinelli, Daniel de Nolterre, Albane, Léonard, Titien, Guide Veronese, 2 v.
— Poussin, 2 v.
— Lesueur et Jouvenet, 1 v

192. — CHARLES YRIARTE. J.-F. Millet. 24 gravures facsimile. Paris, Rouam, 1885, in-4, br.

193. — L'autographe au Salon de 1864, in-fol obl., cart.

194. — Musée-Catalogue de 3,000 portraits d'artistes, indiquant les collections qui les renferment et leurs auteurs Paris, Laurent 1888, in-8, br.

195. — Salons de Paris illustrés, 1879-80-81-83-86-87 88,in-12, cart.

196. — BOETZEL Le Salon de 1865. 50 œuvres gravées d'après les dessins des exposants. Paris, in-fol. obl.

197. — LÉON GAUCHEREL. Catalogue illustré des objets d'art et tableaux du palais San Donato, à Florence, vendus en Mars 1880. Paris, Pillet et Dumoulin, 1880, gr. in-4, d.-r. et coins maroq., tête dorée.

198. — ETIENNE LE ROY. Catalogue illustré de la galerie Van den Schrieck, vendue à Louvain, en Avril 1861. Bruxelles, Delfosse, 1861, in-4, br.

199. — EDOUARD FETIS. Catalogue illustré de la Galerie Bernard Du Bus de Gisignies vendue par Victor Le Roy, expert des musées, en 1882. — Bruxelles, 1878, in-4, d.-r. et coins mar., tête dorée.

200. — JULES de BRAUWERE. Catalogue illustré de la collection Neven à Cologne, vendue en Mars 1879. Cologne, Dumont-Schauberg, 1879, in-8, d.-r. et coins chagr.

201. — Trente et un Catalogues de ventes de tableaux.

202. — Seize catalogues de Musées.

203. — ADELINE. Sculptures grotesques et symboliques à Rouen et environs : Cent vignettes. Rouen, Augé, in-18, br.

204. — ALEXIS MARTIN. Faïences et porcelaines. 37 dessins et 195 monogrammes. Paris, Hennuyer, 1886, in-12, d.-r.

205. — De l'usage des statues chez les anciens. Bruxelles, Boubers, 1768, in-4, rel. v. marbré.

206. — A. J. WIERTZ. Œuvres littéraires. Bruxelles, Parent, 1869, in 8, br.

207. — Chefs-d'œuvres de l'Art antique, tirés principalement du Musée royal de Naples. Paris, Levy, 1867, 7 v. in-4 en feuilles ; gravures au trait.

208. — Tableaux historiques de la Révolution française 1789 à 1800. Paris, 1889, in-fol. obl., d. r. mar.

209. — GATINE. Galerie française de femmes célèbres, portraits en pied gravés, d'après des dessins de Lanté. Paris, Leroi, 1841, in-fol., d. r. mar.

210. — Bizot. Histoire métallique de la République de Hollande. Paris, Horthemels, 1687, in-fol., r. v.

— Histoire des Provinces unies et de leurs compagnies, comme aussi les hommes illustres. Amsterdam. Malherbe, 1701, petit in-fol., d.-r. v.

211. — Album du Magasin pittoresque ; cent gravures choisies dans la collection. Paris, 1862, in-fol , rel.

212. — Léonce PETIT. La conversion de M. Gervais, texte et dessins. Paris, 1881, petit in-4, br.

213. — ROCHEFORT. Les Mystères de l'hôtel des ventes. EUDEL. Le Truquage, 2 v. in-12, br.

214. — L'Art français. Revue artistique hebdomadaire illustrée, in-4, du 1er Mai 1887 au 6 Novembre 1897 en livraisons : manque les feuilles 393, 520, 521.

215. — Gazette des Beaux Arts de Paris, tomes 1 à 15 et partie du tome 21.

216. — Louis WEISSER. Atlas de gravures relatives à l'histoire universelle. Paris, H. Cagnon, 145 planches renfermant plus de 4.000 sujets au trait : in-fol. en feuilles.

217. — Armand DAYOT La Révolution française, constituante, législative, Convention, Directoire, 2000 illustrations. Paris, Flammarion, 30 fascicules, in-8 obl.

218. — GAVARD. Galeries historiques de Versailles, in-8, cart.

219. — CARAN D'ACHE. Histoire de Marlborough, 52 pl. en couleurs Paris, Gillot, 1885, in 8, dans un portefeuille.

INCUNABLE

TYPOGRAPHIQUE

ÉDITION PRINCEPS

---

220. — La Somme rural compillée par Jehan Boutillier, conseillier du Roy à Paris imprimée à Bruges, par Colard Mansion, l'an 1479, in-folio gothique, imprimé à deux colonnes, tranches en rouge ; belle reliure pleine en veau bronze antique avec ornements et encadrements dorés aux petits fers : divisée en deux livres, le 1er livre comprenant 10 feuillets de tables et 168 feuillets de texte ; le 2e livre comprenant 4 feuillets de tables et 71 feuillets de texte.

Louis Grégoire dans son dictionnaire encyclopédique le mentionne ainsi : *précieux ouvrage de théorie et de pratique qui renferme les usages coutumiers de la France du Nord avec des notes, des explications, des décisions notables des tribunaux ; recueil le plus complet des usages du Moyen-Age, qui a servi d'intermédiaire entre Beaumanoir et Dumoulin. Cujas l'appelait : liber optimus.*

Nous reproduisons les inscriptions initiales et finales des deux livres de cet ouvrage rarissime :

Cy commence la table du premi
er livre intitulé Somme Rural
pour par icelle savoir trouver &
querir tous les chappitres Ru
brices Sentences Jugements Consaulx et
Arrestz Exemples Coustumes Usaiges
et autres choses contenues oudit livre.
Les queles rubrices seront trouvez p'les
nombres qui seront cottez en chascune
marge d'icellui livre par la manière qui
s'ensient

10 feuillets de table et 168 feuillets de texte à 2 colonnes

Cy fine le premier livre.

Icy commence la table de ce se
cond livre que on dist Somme
Rural pour p' icelle trouver to'
les Chappitres sentēces. Arrestz
Jugemens. Consaulx exemples Coustumes et autres choses contenues oudit
livre. Lesquels seront trouvez par la cot
tation des ffeilles du dit livre

4 feuillets de table et 71 feuillets de texte à 2 colonnes.

Cy fine la Somme rural compillée par
Jehan boutillier conseillier du roy a pa
ris. Et imprimée a bruges par Colard
mansion lan mil CCCCLXXIX.

A la demande expresse de la Commission spéciale chargée d'organiser l'histoire du travail à l'Exposition universelle de Paris de 1889, le volume fut envoyé à Paris et figura à cette exposition dans la section II – Arts libéraux — Salle N — Vitrine 84 – Développement de l'Imprimerie en Europe — Exposition rétrospective du travail, page 48 du Catalogue général : dans la même vitrine figurait un autre ouvrage imprimé par le même Colard Mansion : les Métamorphoses d'Ovide.

Le nombre d'exemplaires connus de l'édition princeps de la *Somme rural* est très restreint, Brunet l'estime à 5 ou 6. — Graesse l'estime à 3 ou 4 seulement.

Après recherches minutieuses faites, nous pouvons fixer ce nombre à 5 :

1° l'exemplaire de la bibliothèque nationale de Paris, acheté en 1805 pour 60 fr. chez le libraire Ermens à Bruxelles ;

2° l'exemplaire légué en 1837 à la bibliothèque de la ville de Bruges par M. Joseph Van Praet, conservateur de la bibliothèque royale de Paris, père de M. Jules Van Praet secrétaire du roi des belges Léopold Ier ;

3° l'exemplaire acheté par Borluut de Noortdonck pour 700 francs et adjugé dans sa vente à Gand en 1858 pour 2915 francs plus les frais ;

4° l'exemplaire acheté en 1838 à la vente Le Candèle de Ghyseghem, par M. Vergauwen et vendu à la vente de ce dernier à Gand en 1884 pour 10.100 francs plus les 10 0/0 acquis par MM. Morgan et Fatou de Paris ;

5° notre exemplaire.

MEUBLES ARTISTIQUES

---

221. — Lustre Louis XV à 12 lumières, 8 dans le bas, 4 dans le haut. Il est entièrement garni de cristaux et de 120 palmettes taillées.

150 — 75

222. — Buffet, chêne sculpté, à deux portes, tiroir dans le haut : en retour, dossier sans étagère.

223. — Coffre-fort Louis XIII, forme monumentale ; le devant à double portique plein cintre : acajou sculpté.

108 — 137

224. — Garderobes Louis XV, chêne sculpté bombé dans le bas ; deux portes à doubles panneaux obliques séparés par des guirlandes de fleurs : le couronnement, revenant en saillie, surplombe la partie bombée.

286 — 188

229. — Grand lit de parade, les pieds formés de lions ailés posés sur griffes.

226. — Table guéridon à trois pieds, la feuille garnie en cuir, est entourée d'une galerie en cuivre découpé.

227. — Table de nuit ovale avec porte glissette, galerie en cuivre découpé.

228. — Mobilier de chambre à coucher, acajou, époque de l'Empire ; garni de bustes de femmes, ornements, appliques, médaillons, palmettes et masques en bronze doré. Il comprend un lit de parade à deux faces et une toilette à feuille de marbre gris.

229. — **Jean-Baptiste Carpeaux.**
Valenciennes, 1827-1875.

La Sainte-Alliance des Peuples. Frise en bas-relief exécutée en 1848 : plâtre.

Haut. 105. Larg. 353.

Cette composition de trente personnages a été inspirée à l'artiste par la chanson si connue de Béranger :

J'ai vu la Paix descendre sur la terre
Semant de l'or, des fleurs et des épis

Du premier couplet il a tiré la figure principale, la Paix descendant sur la terre et planant au-dessus de Bonaparte tombé renversé sur un canon : les autres couplets lui ont donné le complément symbolique de son œuvre, les figures variées et expressives de droite et de gauche développant l'antithèse entre la Paix et la Guerre.

Cette œuvre, unique, a été exécutée pour feu Me Foucart, et c'est d'après des notes de sa main que nous la décrivons.

92. — P.-P. RUBENS Descente de Croix

TABLEAUX

1\. — FERDINAND ABTSHOVEN. *Ec. flam. 1630-1694.*

Quatre fumeurs causent à droite dans un cabaret : au centre un homme tend une missive à l'un des fumeurs. A gauche, autre groupe de cinq personnages à l'arrière plan.

Vente Tencé Lille 1860.

Bois 44 — 59

2\. — ETIENNE ALLEGRAIN. *Ec. franç. 1651-1736.*

Paysage boisé laissant voir à droite, par une échappée, un fond montagneux. A gauche une jeune fille assise au pied d'un massif.

Toile ovale 64 — 79

3\. — LUDOLF BAKHUYZEN. *Ec. holl. 1631-1708.*

Plusieurs navires viennent de sortir d'un port, se dirigeant vers la haute mer. A l'avant plan deux personnages font des signaux aux matelots d'une chaloupe, dernière sortie : ciel nuageux.

Cabinet Dowa. Cambrai.
Vente Courtin Valenciennes 1879.

Toile 49 — 67

4\. — NICOLAS BERCHEM. *Ec. holl. 1620-1683.*

Loth et ses deux filles, accompagnés d'un petit épagneul, s'éloignent précipitamment de Sodome en flammes. A l'arrière plan, la femme de Loth changée en statue de sel ; l'une des filles pleure la mère perdue et semble vouloir revenir sur ses pas.

Vente Dupire. Valenciennes 1861.
Signé du monogramme N. B.

Cuivre ovale 12 — 15

5. — Nicolas BERCHEM *Ec. holl. 1620-1683.*

Paysage d'Italie au milieu duquel se dresse une colonne en ruines. Des pâtres et des animaux sont réunis autour de la colonne ; une bergère danse en s'accompagnant du tambourin pendant qu'un berger flutiste lui donne la cadence ; un couple s'entretient sentimentalement. Çà et là, à divers plans, un âne, une vache, une chèvre et des moutons.

Catalogue raisonné de Smith. vol. 5. page 70. n° 213.
Cabinet du comte de Baudouin. à Paris.
Vente Van den Schrieck. Louvain 1861.
Gravé par A. P. Coulet sous le titre : *Rendez-vous à la Colonne.*

Toile 107 — 101

6. — GÉRARD et JOB BERKHEYDEN. *Ec. holl. XVIIe siècle.*
Une maison de plaisance, entourée d'un large fossé, occupe le centre et la droite d'un site boisé de Hollande. A l'extrême gauche, une rivière séparée du fossé par une route arborée ou l'on voit plusieurs personnages.

Toile 40 — 55

7. — ABRAHAM BLOEMAERT. *Ec. holl. 1565-1658.*
L'adoration des bergers.

Bois 64 — 49

8. — P. BOUT et A. BOUDEWYNS. *Ec. flam. XVIIe siècle.*
Paysage et ruines avec grand pont en pierre jeté sur un ruisseau large mais peu profond que traversent, au premier plan, des pâtres et leurs troupeaux de vaches et de chèvres.

Toile 27 — 41

9. — P. BOUT et A. BOUDEWYNS. *Ec. flam. XVIIe siècle.*
Paysage traversé par un fleuve.

Bois 47 — 61

10. — P. BOUT et A. BOUDEWYNS. *Ec. flam. XVIIe siècle.*
Paysage accidenté traversé par un fleuve.

Bois 47 — 61

11. — RICHARD BRAKENBURGH. *Ec. holl. 1650-1702.*
Un peintre, dans son atelier, a déposé palette et pinceaux et, tout souriant, fait à son modèle une proposition extra-picturale qui semble bien près d'être acceptée.

Bois 36 — 28

12. — LÉONARD BRAMER. *Ec. holl. XVIIe siècle.*
Tête d'homme à physionomie énergique, chevelure ébouriffée.

Vente Bultot. Valenciennes 1855.

Bois 19 — 15

13. — BARTHOLOMÉ BREENBERGH. *Ec. holl. 1620-1660.*
Paysage montagneux, occupé à droite par des ruines importantes, près d'un cours d'eau ; puis une montagne élevée dominée par un château-fort ; quelques personnages et chèvres ; sur le devant, un groupe de trois personnages : Abraham expliquant à Agar la nécessité de partir avec Ismaël.

Bois 48 — 65

14. — QUIRYN BREKELENKAMP. *Ec. holl. XVIIe siècle*
Au milieu de son échoppe, encombrée des outils et des accessoires de son métier, un cordonnier assis a interrompu son travail pour fumer une pipe qu'il savoure avec délices.

Bois 49 — 37

15. — QUIRYN BREKELENKAMP. *Ec. holl. XVIIe siècle.*
Une dame est assise devant une table sur laquelle se trouvent une glace, des bagues et divers objets de toilette : elle rajuste sa collerette plissée.

Bois 24 — 17

16. — PIERRE BREUGHEL. *Ec. flam. 1524 1569.*
Brillante kermesse flamande devant une auberge importante : le groupe principal se compose de joyeux couples réunis devant une table plantureusement servie ; ça et là des groupes de danseurs, chanteurs et fumeurs : physionomies pittoresques et expressives.
Vente Teneé, Lille 1860.

Bois 51 — 70

17. — PIERRE BREUGHEL, LE JEUNE. *Ec. flam. 1564-1638.*
Grand nombre de personnages réunis sur la place d'un village dont plusieurs habitations forment le fond. Grande diversité de groupes de personnages dansant, buvant, chantant et fumant.

Bois 41 — 56

18. — PIERRE BREUGHEL, LE JEUNE. *Ec. flam. 1564 1638.*
Grand nombre de personnages réunis dans le cabinet d'un homme d'affaires ; le fond et la droite sont occupés par des rayons et un comptoir encombrés de papiers d'affaires. Les clients attendent avec patience l'examen des grimoires de droit ; plusieurs ont apporté des cadeaux en nature, œufs, poules, fruits pour se propicier le maître de céans.

Cuivre 28 — 35

19. — AMBROISE BREUGHEL. *Ec. flam. 1617-1675.*
Divers objets étalés sur une table en bois ; une couronne de fleurs printannières les plus variées, quelques tulipes dans un bocal en verre, puis, dans une coupe en métal ciselé, des raisins, des prunes et des œillets.

Bois 41 — 69

20. — JEAN BREUGHEL, LE JEUNE. *Ec. flam. XVIIe siècle.*
Paysage boisé, occupé à gauche et à droite par deux habitations seigneuriales. Plusieurs personnages circulent en tous sens ; au centre, à l'avant plan, un seigneur, sa dame, un valet et un chien.

Bois 58 — 99

21. — PAUL BRIL. *Ec. flam. 1556-1626.*
Paysage boisé dans lequel, au pied d'un massif d'arbres, s'est endormie une fille que vient lutiner l'Amour : les figures sont de Carache.

Vente. Tencé, Lille 1860.

Toile 45 — 60

22. — JACQUES CALLOT. *Ec. franç. 1592-1635.*
Incendie d'une église de village ; gouache sur parchemin.

11 — 18

23. — JACQUES CALLOT. *Ec. franç. 1592-1635.*
Cour d'un hôpital.

11 — 18

24. — RAPHAEL CAMPHUYSEN. *Ec. holl. 1586-1627?*
Site légèrement boisé, traversé à gauche par un large ruisseau. Le côté droit, à terrains accidentés, est occupé par quelques habitations rustiques avec, au fond, l'église du village. A l'avant plan, quelques personnages et un chien.

Signé à droite sur le terrain : R. Camphuysen.

Bois 46 — 61

25. — RAPHAEL CAMPHUYSEN. *Ec. holl. 1586-1627.*
Près de l'enclos d'une ferme, plusieurs bêtes sont au pâturage, deux vaches, deux moutons, un bouc. Une femme porte deux seaux accrochés à un joug ; fond de paysage et habitations ; quelques personnages.

Bois 47 — 62

26. — GONZALÈS COQUES. — *Ec. flam. 1614-1684.*
Un seigneur et sa dame, en habit de cheval, viennent de sortir du château dont on voit, à l'arrière plan, l'escalier d'entrée flanqué de deux sphinx. Ils se dirigent vers le devant à gauche, accompagnés de trois chiens ; le seigneur fait un signe aux deux valets qui tiennent en main les deux montures destinées à la promenade ; près des valets sont deux chiens de chasse. Le fond présente un parc planté d'arbres séculaires.

Vente Neven. Cologne 1879.

Toile 115 — 150

27. — GONZALÈS COQUES. *Ec. flam. 1614-1684.*
Portrait en buste de trois quarts à gauche du célèbre Lucas Faydherbe, architecte et sculpteur ; physionomie expressive encadrée de longs cheveux, pourpoint en buffle, la main droite relevée sur la poitrine.

Vente Schamps d'Aveschoot. Gand 1840.
Vente Dupire. Valenciennes 1861.

Cuivre 15 — 12

28. — Jacques-Gerritz CUYP. *Ec. holl. XVIIe siècle.*

Paysage traversé par une route de terre à gauche et à droite de laquelle s'élèvent des groupes de chaumières : le groupe de droite est à l'avant plan près d'une barrière de prairie qui porte le monogramme du maître.

Bois 38 — 56

29. — Erasme DE BIE. *Ec flam. XVIIe siècle.*

Vue de la place de Meir à Anvers, prise à la hauteur de la rue des Tanneurs ; la place est vue jusqu'au fond du *Meersteeg.* A droite, l'église des Carmes, et plus loin l'hôtel Le Grelle.

Vente Vanderstraelen — Moons — Van Lerius, Anvers 1885.

Toile 115 — 168

30. — Erasme DE BIE. *Ec. flam. XVIIe siècle.*

Vue de la place de Meir à Anvers, bornée à gauche et à droite par la ligne des maisons. Au fond, le pont de Meir et, par dessus les maisons, la flèche de l'église de Notre-Dame.

Vente Vanderstraelen, Moons — Van Lerius, Anvers 1885.

Toile 115 — 168

31. — Arnold DE GELDER. *Ec. holl. 1645-1727.*

Portrait d'un vieillard au crâne dénudé, à large front sillonné de rides profondes. La main droite est relevée sur la poitrine. Physionomie expressive.

Bois 51 — 37

32. — J. D. DE HEEM et E. VAN DER VLIET. *Ec. holl. XVIIe siècle.*

Cartouche Louis XV en pierre sculptée, enguirlandé de quatre groupes de fruits variés Au centre, un portrait de vieille dame hollandaise tenant son pince-nez.

Signé au bas à gauche : De Heem.

Toile 101 — 82

33. — LUCAS DE HEERE. *Ec. flam. 1534-1584.*

Grand rétable : l'archange Saint-Michel, victorieux du démon qu'il foule aux pieds, tient dans la main la balance pour procéder au jugement dernier. Au-dessus, apparait le Christ au milieu des bienheureux. Au sommet du Rétable une petite composition distincte représente un apôtre entouré de personnages et sortant d'une abbaye.

Bois 214 — 140

34. — GUILLAUME DE HEUSCH. *Ec. holl. XVIIe siècle.*

Site montagneux d'Italie, boisé à gauche. Sur une route qui longe un cours d'eau, un pâtre à pied et une paysanne sur un mulet ramènent deux vaches du pâturage.

Toile 65 — 79

35. — GUILLAUME DE HEUSCH. *Ec. holl. XVIIe siècle.*

Site montagneux d'Italie traversé à l'arrière plan par une rivière. Sur le devant un berger chasse devant lui un troupeau de chèvres et de moutons. A gauche une tour fortifiée en ruines.

Toile 62 — 84

36. — H. DE HONDT. *Ec. flam. XVIIe siècle.*

La kermesse a réuni sur la place publique tous les villageois valides ; les uns boivent et fument, d'autres causent, d'autres dansent. A droite, de nombreux spectateurs entourent les tréteaux de deux saltimbanques qui semblent les amuser prodigieusement.

Toile 62 — 82

37. — PIETER DE LAAR. *Ec. holl. 1613-1674.*

Une ferme importante occupe toute la droite. Vers le milieu, à gauche, des maraîchers chargent une charette attelée d'un cheval ; un autre cheval broute en liberté. Sur le devant, deux chiens, et, tout à gauche, un cavalier.

Vente Neven, Cologne, 1879.

Toile 53 — 71

38. — PIETER DE LAAR. *Ec. holl. 1613 1674.*
Dans un paysage, un valet à cheval tient un chien en laisse. A droite, devant une étable, plusieurs chiens et deux garçons dont l'un accouple des chiens.

Cabinet Lebrun, gravé par Chatelain.
Vente Collet, Valenciennes 1880.
Vente De Malherbe, Valenciennes, 1883.

Cuivre 31 — 42

39. — PIETER DE HOOCH. *Ec. holl. XVIIe siècle.*
Intérieur d'un salon à deux hautes fenêtres dans le fond. A gauche, une servante apporte un verre de vin à un cavalier assis à une table. A droite, une petite fille se montre à une porte ouverte par laquelle on voit une seconde chambre. Le soleil éclaire l'intérieur d'une façon piquante.

Vente Meffre aîné, Paris 1846.
Vente Van den Schrieck, Louvain 1861.

Toile 77 — 90

40. — EMMANUEL DE WITT. *Ec. holl. 1607-1692.*
Intérieur du temple de Delft vivement éclairé par le soleil. Aux colonnes sont accrochés plusieurs écussons obituaires. Plusieurs personnages visitent le temple, notamment trois, réunis à l'avant plan, qui déchiffrent une inscription tumulaire : un chien prouve par son attitude indécente que l'on à raison d'exclure du temple les individus de son espèce

Vente Neven. Cologne 1879.

Bois 54 — 46

41. — CORNEILLE DU SART. *Ec. holl. 1660-1701.*

Devant un cabaret sont rassemblés de nombreux clients dont le plus important est un fumeur assis tout seul près d'une table supportant un fourneau ; au-dessus de sa tête une enseigne : *in Nieuwe troepetje.*

Signé à gauche sur le bord d'un puits : C. Dusart 1684.
Cabinet du baron Liedts. Bruxelles.
Vente Berré de Haen, d'Anvers 1855.
Vente Pierard, Paris 1860.

Toile 47 -- 39

42. — CORNEILLE DU SART. *Ec. holl. 1660-1701.*
Un Ménage avec deux enfants ; le mari, alchimiste, est occupé dans son atelier encombré d'objets les plus variés. L'aîné, jeune garçon, assis par terre, mange sa tartine. Dans une chambre, au fond, la femme s'occupe du plus jeune.

Vente Dupire. Valenciennes 1861.

Métal 5 1 2 — 7 1 2

43. — FRANÇOIS DUCHATEL *Ec. flam. 1625-1879.*
Portrait d'un magistrat portant un vêtement noir sur lequel tombe un large rabat de toile : il est vu de trois quarts à gauche.

Cuivre 24 — 19

44. — SIMON DE VOS. *Ec. flam. 1603-1676.*
Vingt personnages sont réunis dans une salle de banquet richement architecturée ; la plupart sont attablés : on est au milieu du repas et l'entrain est tel que tous se mettent à chanter, accompagnés par un guitariste. A droite, un groupe où une vieille bohémienne dit la bonne aventure. A gauche, un valet emporte un plat monté en paon.

Catalogue de la vente Rubens. 1641. n° 241.
Vente Tencé. Lille 1860.
Gravé.

Bois 50 — 71

45. — BERNARD FABRITIUS. *Ec. holl. XVIIe siècle.*
Portrait en buste d'un prince italien revêtu d'une armure et couronné de lauriers : il tient son bâton de commandement.

Signé à gauche : L.-B. Fabritius 1633.

Toile 103 — 86

46. — BERNARD FABRITIUS. *Ec. holl. XVIIe siècle.*
De nombreux personnages, réunis autour du tombeau de la Vierge, assistent à l'événement miraculeux de son Assomption.

Signé à gauche : L.-B. Fabritius 1662.

Toile 79 — 72

47. — GOVERT FLINCK. *Ec holl. 1615-1660.*
Jeune officier aux cheveux bouclés, coiffé d'un bérêt rouge à plumes ; il est vu en buste de trois quarts, et tient une canne à la main.

Bois 35 — 29

48. — JEAN GHISOLFI. *Ec. it. 1632-1683.*
Grand nombre de personnages dans un cabaret ; quelques couples dansent aux accords d'un ménétrier.

Toile 37 — 53

49. — JEAN GHISOLFI. *Ec. it. 1632-1683.*
Devant une auberge sont rassemblés un grand nombre de personnages parmi lesquels un couple qui danse aux accords d'un joueur de clarinette.

Toile 37 — 53

50. — Attribué à GOLTZIUS. *Ec. all.*
Jeune garçon tenant une colombe perchée sur la main et jouant avec un grand chien de Terre Neuve.

Signé à gauche : H. Goltzius.

Bois 41 — 31

51. — JEAN GOSSAERT DE MABUSE. *Ec. flam. 1470-1532.*
La Vierge, vue de trois quarts à gauche, coiffée d'un bonnet plissé, donne le sein à l'Enfant Jésus qui boit avidement. Peinture très délicate de ton.

Vente Vanderstraelen — Moons. — Van Lerius, Anvers, 1885.

Bois 29 - 24

52. — JEAN GOSSAERT DE MABUSE. *Ec. flam. 1470-1532.*
Triptyque en miniature gouachée, très fine d'exécution : le sujet central représente la Sainte Cène, le volet de gauche la Nativité, le volet de droite, le Christ expirant sur la Croix.

Parchemin 19 — 19 et 19 — 8

53. — *Ecole gothique flamande XVIe siècle.*
Près d'une entrée de ville, Saint Martin rencontre un malheureux estropié et, coupant son manteau, lui en donne une partie pour se couvrir ; fond montagneux.

Vente Essingh, Cologne 1865.
Vente Neven, Cologne 1879.

Bois 29 — 17

54. — Adrien GRYEF. *Ec. flam. XVIIe siècle.*
Lièvre, martin-pêcheur, perdrix et quelques petits oiseaux gardés par deux chiens ; à l'arrière plan, un valet et un chien.

Vente Heris (colonel Biré) Paris 1841.

Bois 22 — 31

55. — Adrien GRYEF. *Ec. flam. XVIIe siècle.*
Lièvre, coq de Bruyère et petits oiseaux gardés par un épagneul ; au pied d'un arbre, à l'arrière plan, un valet et un chien.

Vente Heris (colonel Biré) Paris 1841.

Bois 22 — 31

56. — Willem-Claas HEDA. *Ec. holl. XVIIe siècle.*
Une foule d'objets étalés sur une table représentent une *vanitas* : livres, crane, sablier, pipe, couteau, coquillage.

Vente Dupire, Valenciennes 1861.

Bois 29 — 43

57. — Hans HEMLING. *Ec. flam. 1410-1495.*
La Vierge, assise près de Sainte Anne, également assise, tient sur ses genoux l'enfant Jésus ; au-dessus du groupe, le Saint-Esprit. A gauche, deux grandes figures, Saint Joseph et Saint Liévin ; à droite, également deux figures, Joachim et Saint Georges.

Bois 66 — 144

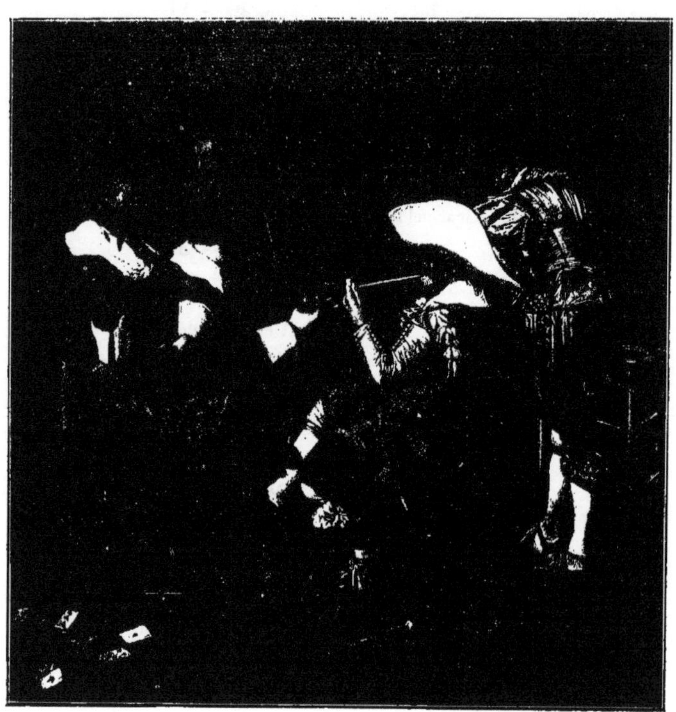

58. — DIRK HALS. *Ec. flam. 1589-1656.*
Réunion de quatre personnages dans un cabaret ; trois sont assis, le quatrième debout ; ce dernier se trouve à droite, appuyé sur la chaise de l'un des trois qui fume une pipe de terre ; à gauche, par terre, un jeu de cartes.

Bois 34 — 33

59. — CORNEILLE HUYSMANS DE MALINES. *Ec. fl. 1618-1727.*
Paysage très boisé et accidenté, occupé à gauche par un monticule sablonneux, derrière lequel passe un chemin qui se dirige vers la gauche ; deux bergers et deux vaches suivent ce chemin, ainsi qu'un garçon portant un fagot. A l'avant plan, divers personnages, et, à droite, un charretier arrêté près d'un ruisseau où une femme puise de l'eau pour le cheval.

Vente Neven, Cologne 1879.

Toile 61 — 57

60. — JACQUES JORDAENS. *Ec. flam. 1593-1678.*
Tête de jeune garçon vu presque de face ; physionomie expressive, encadrée de longs cheveux bruns.

Vente Tencé, Lille 1860.

Toile 43 — 34

61. — JACQUES JORDAENS. *Ec. flam. 1593-1678.*
Tête d'homme, étude ou fragment de tableau : une tête d'empereur romain.

Toile — s. B. 35 — 26

62. — D'après JORDAENS.
Ancienne copie du célèbre tableau du maître qui se trouve au Musée d'Anvers : *Soo d'Ouden Songen.*

T. 103 — 147

63. — SALOMON KONINCK. *Ec. holl. 1609-1668.*
Vieille femme juive à physionomie caractéristique, coiffée d'un bonnet plat retombant et vêtue d'un costume sombre sur lequel s'étale une ample chaine d'or : collier à plusieurs rangs au cou.

Cabinet Dumont, Cambrai.
Vente de Malherbe, Valenciennes 1883.

Bois 62 — 50

64. — PHILIPPE KONINCK. *Ec. holl. 1619-1689.*
Paysage s'étendant à gauche à perte de vue et dominé par un château fort bâti au sommet d'une montagne escarpée à droite ; effet de crépuscule.

Toile 39 — 54

65. — Pierre LASTMAN. *Ec. holl. XVIIe siècle.*
Le bon Samaritain ayant mis le blessé sur son cheval le conduisit à l'hostellerie où il le fit penser et ayant donné à l'hoste l'argent qui était nécessaire pour la guérison de ce pauvre blessé, le pria d'en avoir soin. La composition nous présente l'arrivée devant l'hôtellerie.

Gravé par Rembrandt en 1633.
Gravé par C. Errard.
Reproduit dans l'histoire des peintres de Charles Blanc.

Bois 76 — 65

66. — Jean LE DUCQ. *Ec. holl. 1636-1697.*
Un savant dans son cabinet est assis devant une table encombrée de livres, et discute avec un jeune officier au sujet d'un plan étalé sur la table : une carte géographique est accrochée au mur du fond.

Bois 25 — 34

67. — Jean LIVENS. *Ec. holl. 1607-1663.*
Saint-Jean et Joseph d'Arimathie, portant le corps du Christ, sont près du tombeau dans lequel ils vont le déposer. Impression saisissante produite par la lumière éblouissante et surnaturelle qui enveloppe les personnages.

Cabinet Dumont, Cambrai.
Vente de Malherbe, Valenciennes 1883.

Toile 65 — 51

68. — Lambert LOMBARD. *Ec. flam. 1506-1566.*
Nicolas Albergati, évêque de Bologne et cardinal, représenté de trois quarts à droite coiffé de la mitre et portant la dalmatique épiscopale richement brodée et ornée de pierres précieuses Les mains sont gantées de rouge, la gauche tenant une crosse, la droite bénissant.

Vente de Malherbe, Valenciennes 1883.

Bois 84 — 57

69. — CHRISTIAN LUYCKS. *Ec. flam. XVIIe siècle.*
Sur une table sont disposés un hanap, un verre à moitié plein de vin, un sachet, une orange, une huître et un quartier de citron.

Bois 38 — 31.

70. — NICOLAS MAAS. *Ec. holl. 1632-1693.*
Un jurisconsulte est assis dans son cabinet de travail, le bras appuyé sur son bureau. Les murs du cabinet sont garnis de casiers renfermant de nombreux dossiers et de bibliothèques remplies de livres.

Vente Van den Schrieck. Louvain 1861.

Toile 99 — 79.

71. — THOMAS MANS. *Ec. holl. XVIIe siècle.*
Canal glacé près d'une ville de Hollande. Grand nombre de personnages patinant ou en traineau ; quatre personnages sont dans un traineau attelé d'un cheval ; à gauche, la ville et son clocher.

Signé à gauche : Th. Mans. 1672.

Bois 28 — 36.

72. — KLAAS MOLENAER. *Ec. holl. XVIIe siècle.*
Un groupe d'habitations au-delà et au bord d'un cours d'eau. Près des habitations sont trois personnages en conversation. Une barque s'éloigne vers la droite. Sur la rive de l'avant-plan, trois personnages. Au fond, à droite, village et moulin à vent.

Bois 60 — 47.

73. — KLAAS MOLENAER. *Ec. holl XVIIe siècle.*
Paysage boisé traversé par un ruisseau. A gauche, au-delà du ruisseau, plusieurs habitations près desquelles est amarrée une barque avec deux personnages. Trois paysans causent au bord d'une route ; plus en arrière, un cavalier. Un pont traverse le ruisseau. Au fond, village et clocher.

Signé à droite : K. Molenaer.

Bois 40 — 54.

74. — ATTRIBUÉ A MIGNON. *Ec. holl. XVIIe siècle.*
Groupe de fruits variés.

Toile 60 — 74.

75. — GABRIEL METZU. *Ec. holl. 1630-1667.*
Devant une habitation sont réunis les membres d'une famille villageoise. Un homme entre dans la maison pour chercher à boire ; à droite, une femme assise épluche des navets ; sur le devant, un paysan assis, vu de dos, et deux enfants ; à gauche, par la baie de sa bauge, un porc semble vouloir se rappeler au souvenir de la famille.

Bois 65 — 50.

76. — MOMPER ET TENIERS. *Ec. flam. XVIIe siècle.*
Paysage accidenté dont le second plan de gauche est occupé par quelques chaumières. Du même côté, sur le devant, six personnages parmi lesquels une vieille disant la bonne aventure à un seigneur. A droite, deux hommes près d'un mulet chargé ; colporteur au fond.

Bois 35 — 52.

77. — JEAN-BAPTISTE MONNOYER. *Ec. franç. 1636-1699.*
Bouquet de fleurs variées dans un vase à bas-relief en terre cuite.

Toile cintrée 99 — 72.

78. — EMMANUEL MURANT. *Ec. holl. 1622-1700.*
Petite ferme couverte en chaume à droite d'un paysage ; quelques personnages devant la ferme ; à gauche un abri accroché au tronc d'un bouleau.

Vente Houyet, Bruxelles 1867.

Bois 26 — 26

79. — MATHIEU NAIVEU. *Ec. holl. 1647-1721.*
Un Marchand d'orviétan s'est arrêté au milieu d'un village et son joueur de cor à tôt fait de rassembler une foule à laquelle le maitre mire fait doctoralement son boniment ; plusieurs habitations à l'arrière plan ; composition animée et spirituelle.

Bois 40 — 48

80. — Pierre NEEFS, le jeune. *Ec. flam. 1601-1668.*
Intérieur d'un temple gothique dans lequel on voit un grand nombre de personnages, les uns formant la procession, les autres s'agenouillant. Le soleil éclaire le temple d'une façon pittoresque. Les figures sont de Sébastien Franck.

Signé sur un pilier à droite : P. Nefs.
Vente Dupire, Valenciennes 1861.

Bois 29 — 42

81. — Pierre NEEFS, le jeune. *Ec. flam. 1601-1668.*
Vue perspective de la nef centrale d'une église gothique prise de l'entrée principale ; un grand nombre de personnages circulent en tous sens ; les personnages sont de Stalbent.

Signé sur le cartouche d'un bas relief : P. Neefs, fecit 1665.

Toile 110 — 89

82. — Jacques OCHTERVELT. *Ec. holl. XVIIe siècle*
Deux personnages à mi-corps, sont en présence, se faisant des offres réciproques. Une jeune fille présente à boire, le cavalier présente une pièce de monnaie avec une double proposition qui fait baisser les yeux à la jeune fille.

Toile 38 — 31

83. — Pierre PATEL. *Ec. franç. XVIIe siècle.*
Paysage, ruines et fleuve.

Toile 38 — 56

84. — Pierre PATEL. *Ec. franç. XVIIe siècle*
Paysage, ruines et fleuve.

Toile 38 — 56

85. - Joachim PATENIER. *Ec. flam. XVIe siècle.*
Saint Christophe traverse un cours d'eau portant l'enfant Jésus sur son épaule ; il a relevé son manteau et s'appuie sur une grande branche d'arbre.

Vente V. Bauchau, Bruxelles 1874.
Vente Courtin, Valenciennes 1879.

Bois 32 — 24

86. — JEAN-BAPTISTE PATER. *Ec. franç 1695-1736.*
Cinq personnages au repos dans un paysage, trois cavaliers et deux dames : quatre sont assis au pied d'un arbre ; un cavalier tient un violon ; un autre présente un verre à une dame assise à gauche, par terre, et pinçant de la guitare.

Peint pour l'hôtel de la rue de Famars.

Toile 91 — 74

87. — JEAN BAPTISTE PATER. *Ec. franç. 1695-1736.*
Trois cavaliers et deux dames sont réunis près d'un bouquet d'arbres ; un des cavaliers, en *Gille*, pince de la guitare, accompagné sur le tambour de basque par un petit garçon.

Peint pour l'hôtel de la rue de Famars.

Toile 91 - 74

88. — BONAVENTURE PEETERS. *Ec. flam. 1614 1652.*
Deux navires en péril sur une mer démontée, l'un à droite, près de rochers à pic, l'autre à gauche, s'abimant dans les flots, pendant que les matelots grimpent au sommet du mat, espérant se sauver.

Bois 42 — 53

89. — HYACINTHE RIGAUD. *Ec. franç. 1659-1743.*
Portrait de Charles Dufresny, poëte et dessinateur, arrière-petit-fils de Henri IV, auteur de *L'Esprit de Contradiction* et de *La Coquette de Village*. Physionomie espiègle, expressive, caustique, mais aimable.

Toile ovale 40 — 32

90. — THÉODORE ROMBOUTS. *Ec. flam. 1597-1637.*
Buste d'homme à physionomie expressive et énergique : longs cheveux chatains retombant sur les épaules, col retombant sur vêtement noir.

Vente Vanderstraelen-Moons-Van Lerius, Anvers 1885.

Toile 21 — 17

91. — P[illegible]RRE-PAUL **RUBENS**. *Ec. flam. 1577-1640.*

Sainte Catherine, martyre, vient d'être décollée ; le corps s'est prosterné, le sang jaillit avec force de la section du col. Deux anges s'empressent auprès de la Sainte, l'un soulevant la tête, l'autre soutenant le corps.

Peint par Rubens, en 1610, pour être placé au maître autel de l'église de Sainte Walburge, sous l'érection de Croix (aujourd'hui à Notre-Dame) sur le gradin de l'autel, à droite du tabernacle.

Le tableau de même grandeur, peint également par Rubens pour être placé à gauche du tabernacle, représente Sainte Walburge dans une barque en pleine mer, en péril et invoquant Dieu.

Les volets de l'érection de Croix étant fermés représentent : à gauche, Sainte Walburge et Saint Eloi ; à droite, Sainte Catherine et Saint Amand et se trouvaient au-dessus des tableaux ci-devant.

Cités dans : Michel, *Vie de Rubens*, page 77 ; Van Hasselt, *Vie et Catalogue de Rubens*, nos 565-566.

Catalogue raisonné de Smith, vol. 2, page 8.

En 1739, les fabriciens de Sainte-Walburge, avec autorisation du magistrat et de l'évêque, vendent les deux tableaux à Deroore, marchand à La Haye.

Vente Deroore, La Haye 1747, achetés par le peintre Jacques De Wit.

Vente De Wit, Amsterdam 1755.

Vente Van den Schrieck, Louvain 1861, le premier tableau seulement.

A la vente Schamps, Gand 1840, a figuré une esquisse du second tableau sur toile 50 — 70.

Bois 70 — 101

92. — Pierre-Paul RUBENS. *Ec. flam. 1577-1640.*

Joseph d'Arimathie, Saint Jean et Siméon, tous trois montés sur des échelles disposées autour de la Croix, ont détaché le corps précieux du Sauveur et le descendent avec des précautions infinies jusque dans les bras de la Vierge et de Marie-Madeleine qui se tiennent au pied de la Croix ; la douleur intense des cinq personnages produit une impression navrante.

Collections de Kersmaeker et Van Parys, Bruxelles.

Acheté à l'amiable par feu M. Héris, expert du Musée de Bruxelles, pour M. Van den Schrieck.

Vente Van den Schrieck, Louvain 1861.

Gravé par N. Lauwers.

Bois 118 — 81

93. — Pierre-Paul RUBENS. *Ec. flam. 1577-1640.*

Projet de Couronnement pour le maitre autel de l'Eglise des Jésuites à Anvers. Dans la niche centrale, la Vierge assise tenant l'enfant Jésus se détache sur un fond flamboyant ; la niche est flanquée d'anges en cariatides. A gauche et à droite de grands anges tenant des palmes.

Vente Vanderstraelen-Moons Van Lerius, Anvers 1885.

Bois 42 — 63

94. — PIERRE-PAUL RUBENS. *Ec. flam. 1577-1640.*
Portrait en buste de Publius Cornélius Scipion l'Africain, grisaille d'après un marbre antique.

Gravé par Pontius.
Vente Rouvet. Bruxelles 1867.

Bois 29 — 23

95. — D'APRÈS RUBENS.
Sept personnages dont quatre cavaliers, l'un désarçonné, luttent désespérément contre deux lions qui les attaquent avec furie ; trois personnages sont terrassés.
Toile 145 — 219.

96. — JACQUES RUYSDAEL. *Ec. holl. 1625-1682.*
Paysage boisé traversé par un cours d'eau sinueux roulant en cascade au premier plan. Au bord du cours d'eau, un tronc de hêtre dénudé et un autre renversé et plongeant dans l'eau. Sous les arbres du fond, moutons et bergers.

Vente Neven. Cologne. 1879.

Bois 22 — 28.

97. — JACQUES RUYSDAEL *Ec. holl. 1625-1682.*
Site très accidenté, occupé à gauche par une petite ferme adossée à un groupe d'arbres. Deux personnages sont devant la ferme.

Vente Dupire. Valenciennes. 1861.

Bois 22 — 28.

98. — SALOMON RUYSDAEL. *Ec. holl. 1605-1670.*
Un fleuve occupe toute la droite et l'avant-plan, baignant un coin de terre où s'élèvent quelques maisons ; des embarcations sur le fleuve à différents plans. Un bac de passeur va quitter la rive pour traverser le fleuve. A gauche, au bord de l'eau, trois pêcheurs dans une barque.

Signé sur la dernière barque : S. V. R., 1641.

Bois 61 — 88.

99. — DAVID RYCKAERT LE JEUNE. *Ec. flam. 1586-1642.*
Plusieurs personnages dans un cabaret. Sur le devant, à droite, quatre sont assis à une table, deux jouant aux cartes. Dans le fond, trois sont assis près de l'âtre. A gauche, quelques ustensiles de ménage.

Toile 41 — 61.

100. — ROLAND SAVERY. *Ec. flam 1576-1639.*
Une remise de cerfs au milieu d'un site boisé et accidenté entrecoupé de rochers au milieu desquels serpente un ruisseau qui tombe en cascades successives. A droite, une vache qui semble égarée dans ce site sauvage.

Signé au milieu, au bas : Roelandt Savery.
Vente Collet. Valenciennes, 1880.

Bois 59 — 73.

101. — CORNEILLE SCHUT. *Ec. flam 1597-1655.*
La Vierge, assise, tient sur ses genoux l'enfant Jésus.

Toile 44 — 36.

102. — HENRI-MARTIN SORG. *Ec. holl. 1621-1682.*
Intérieur de buanderie. A droite, divers ustensiles : tonneau, cuvelle, cruche en cuivre, chaudron, plat renfermant du poisson. Un chapelet d'oignons est pendu. Au fond, une femme et un jeune garçon, près de l'âtre.

Signé, à droite, sur un tonneau : H.-M. Sorg.
Vente Dupire, Valenciennes, 1864.

Bois 20 — 25.

103. — JEAN STEEN. *Ec. holl. 1626-1679.*
Intérieur à quatre personnages ; un paysan assis et blessé à la jambe est opéré par un chirurgien ; le troisième personnage suit l'opération avec anxiété.

Signé au bas à gauche : J. Steen.

Bois 36 — 30

104. — DIRICK STOOP et J.-B. WENNIX. *Ec. holl. XVIIe siècle.*
Site accidenté d'Italie occupé à gauche et sur le devant par de vastes grottes que traverse un cours d'eau. Sous les grottes, la statue équestre d'un général romain et quelques figures au bord de l'eau. Au-delà des grottes, une caravane suit un chemin montant. A l'avant plan de l'extrême gauche, monument funèbre d'un empereur avec groupe d'amours.

Signé sur le socle du monument : D. Stoop.
Signé sur un quartier de roc, au milieu : J.-B. Wennix.

Toile 78 — 92

105. — ABRAHAM STORK. *Ec. holl. XVIIe siècle.*
Paysage boisé traversé par une large route sinueuse qui aboutit, au fond, à un pont formant l'entrée d'une ville. Sur la route, un voyageur cause à une femme ; à droite, un berger, un chien et deux moutons.

Toile 75 — 62

106. — DAVID TENIERS, LE JEUNE. *Ec. flam. 1610-1690.*
Au premier plan, près de rochers, des pêcheurs sont occupés à relever leurs filets. Sur le rocher, une cuvelle destinée à recevoir le poisson. Au-delà du cours d'eau qui traverse le paysage, un pâtre garde son troupeau de vaches et de moutons.

Signé sur la cuvelle du monogramme : D. T.
Collection du prince Auguste d'Arenberg, 1833.
Vente Lambert Nieuwenhuys, Bruxelles 1855.
Vente Houyet, Bruxelles 1867.

Toile 79 — 96

107. — DAVID TENIERS, LE JEUNE. *Ec. flam. 1610-1690*
Dans une grotte, la Vierge assise tient sur ses genoux l'enfant Jésus qui tend les mains vers Sainte-Anne ; celle-ci lui présente une grappe de raisin et tient un livre.

Cuivre 22 — 17

108. — DAVID TENIERS, LE JEUNE. *Ec. flam. 1610-1690.*
Répétition du célèbre tableau du Musée de Bruxelles, les Cinq Sens, huit personnages, avec quelques variantes : le jeune homme près du guitariste, au lieu de lire un papier, tient une glace dans laquelle se reflète la figure de la dame vue de dos : la dame debout à droite a les cheveux relevés au lieu de les avoir épars sur le dos et son chapeau est à larges bords en parapluie et sans plume au lieu d'être à petits bords relevés et à plume.

Bois 37 — 52

109. — DAVID TENIERS, LE VIEUX. *Ec. flam. 1582-1649.*
Une vieille sorcière essaie de tenter et d'effrayer Saint-Antoine en suscitant autour de lui des animaux fantastiques.

Signé à gauche du monogramme : D. T.

Au revers du panneau le cachet des comtes de Lalaing.

Bois 20 — 15

110. — ATTRIBUÉ A TENIERS.

Un jeune paysan, assis près d'une table, tient une cruche et chante à tue-tête.

Bois 17 — 13.

111. — GERARD TERBURG. *Ec. holl. 1608-1681.*

Portrait en pied de Henri Langebeck, ministre plénipotentiaire des Pays-Bas au Congrès de Munster. Il est représenté debout devant une table, à côté d'une chaise, occupé à lire une lettre. La table est recouverte d'un tapis rouge et d'une nappe et supporte une glace, un livre, un chandelier et une boite. Lit-alcôve dans le fond.

Signé à droite, au bas : G. T. B.
Vente Van den Schrieck, Louvain, 1861.

Toile 73 — 57.

112. — GERARD TERBURG. *Ec holl. 1608-1681.*

Dame hollandaise à mi-corps, assise et faisant de la dentelle.

Bois 22 — 21.

113. — JACQUES TOORENVLIET *Ec. holl. 1611-1719.*

Un charcutier vient de terminer la toilette du cochon étalé sur une échelle debout contre le mur ; il est en train de gonfler une vessie, à la grande joie de trois enfants. A gauche, un client lutine la charcutière occupée à faire des boudins. A l'arrière-plan, plusieurs personnages diversement occupés.

Toile 91 — 68.

114. — JEAN VAN DER CAPPELLE. *Ec. holl. 1620-1700.*

Dans la mer boréale, des navires se livrent à la chasse de la baleine. Un de ces cétacés suit un trois-mâts qui se dirige vers le devant. A droite et à l'arrière-plan, six embarcations portant des harponneurs. A l'avant-plan de droite, un ours blanc sur un iceberg.

Vente Neven, Cologne, 1879.

Toile 40 — 49.

115. — JEAN VAN DER MEER DE DELFT. *Ec. holl. 1632-1675.* Intérieur hollandais avec grande fenêtre à gauche. Un astronome semble faire des observations par cette fenêtre et comparer ses observations avec des calculs de livres et de manuscrits étalés devant lui sur une table. Au fond, au-dessus d'une armoire, une sphère et quelques livres.

Vente Neven, Cologne, 1879.

Toile 52 — 45.

116. — JEAN VAN DER MEER DE DELFT. *Ec. holl. 1632-1675.*
Un mendiant est assis à la porte de l'hospice du Cloître Sainte-Agathe, à Delft. Cette porte ouverte laisse voir un escalier en colimaçon montant et descendant. Une dame gravit l'escalier très éclairé.

Signé à gauche, sur un cartouche : V. d. M., Delft. fecit ao 1659.
Cabinet Dumont, à Cambrai.
Vente de Malherbe, Valenciennes, 1883.

Bois 53 — 37.

117. — AART VAN DER NEER. *Ec. holl. 1603-1677.*
De nombreux personnages, diversement groupés, sont réunis sur un large canal glacé et en partie couvert de neige. A l'avant plan, une compagnie de joueurs de crosse se livre à ce jeu hygiénique. A l'arrière plan, sur le canal, foule de patineurs. Construction élevée à droite, au fond. Composition très animée.

Signé à gauche : A. V. D. N.

Toile 48 — 56

118. — EGBERT VAN DER POEL. *Ec. holl. XVIIe siècle.*
Devant la porte d'une ferme est arrêtée une charrette attelée d'un cheval ; un paysan cause à une femme. à droite à l'avant-plan, un groupe d'ustensiles de ménage et de légumes variés.

Bois 39 — 54

119. — ADRIEN VAN DER VENNE. *Ec. holl. 1589-1665.*
Péristyle d'un château donnant sur un jardin avec étang, prairie et basse-cour ; nombreux personnages. Sur le devant, deux sont occupés au jeu de billard-glissette ; cinq autres regardent leurs exploits.

Bois 34 — 43

120 — ADRIEN VAN DE VELDE. *Ec. holl. 1639-1672.*
Paysage accidenté avec éminence boisée à gauche. Sur le devant, une paysanne trait une vache : une autre vache brune est derrière celle ci : à gauche, un groupe de deux moutons et une chèvre. Montagne au fond.

Signé à droite : A. V. Velde.
Vente Van den Schrieck, Louvain, 1861.

Bois 21 — 27

121. — ADRIEN VAN DE VELDE. *Ec. holl. 1639-1672.*
Vaches et moutons au pâturage à l'avant-plan d'un paysage légèrement boisé. A gauche, un paysan portant deux seaux et suivi d'un enfant.

Vente du comte Van de Steen, Bruxelles 1861.

Toile 30 – 34

122. — WILLEM VAN DE VELDE. *Ec. holl. 1633-1707.*
Pleine mer légèrement houleuse sur laquelle une chaloupe semble se diriger vers un port. A l'arrière plan, un trois-mâts a cargué ses voiles attendant le pilote qui se dirige vers lui.

Cabinet Dumont, à Cambrai.
Vente de Malherbe, Valenciennes 1883.

Bois 20 – 23

123. — WILLEM VAN DE VELDE LE VIEUX, *Ec. holl. 1610-1693.*
Flotte hollandaise en rade près des côtes ; dessiné à l'encre de chine.

Signé à gauche W. V. Velde.

Bois 40 — 53

124. — ABRAHAM VAN DIEPENBEKE. *Ec. flam. 1599-1675.*
Portrait en pied de Saint Thomas d'Aquin tenant de la main gauche une monstrance et de la droite une plume. Devant lui un ange tient un livre ouvert à la page du *Lauda Sion Salvatorem* ; belle grisaille.

Vente Vanderstraeten-Moons-Van Lerius, Anvers 1885.

Bois 26 — 21

125. — ANTOINE VAN DYCK. *Ec flam. 1599-1641.*
Portrait d'homme de trois quarts à droite, collerette plissée, justaucorps à boutons, large ceinture : manteau sur les épaules. Grisaille.

Bois 35 — 24

126. — ANTOINE VAN DYCK. *Ec. flam. 1599-1641.*
Etude de tête de femme, vue de dos, trois quarts à gauche.

Gravé à l'eau-forte par L. V. H.

Papier sur bois 29 — 22.

127. — ATTRIBUÉ A VAN DYCK. *Ec. flam.*

Tête d'homme à physionomie expressive ; longs cheveux, moustaches et barbiche blancs. Etude d'une tête d'apôtre.

Vente Tencé, Lille, 1860.

Bois 36 — 30.

128. — CÉSAR VAN EVERDINGEN. *Ec. holl. 1606-1678.*

Site boisé de Norwège, occupé au centre par une grande nappe d'eau qui se déverse tranquillement en large chute au premier plan. Ciel nuageux, effet de soir.

Toile 57 — 75.

129. — MARGUERITE VAN EYCK *Ec. flam. XVe siècle.*

La Vierge tient sur ses genoux l'enfant Jésus qui lit dans un livre. Très beau cadre Renaissance de forme monumentale ; dans le fronton est encastré un bas-relief en albâtre représentant la mise au tombeau.

Bois 15 — 11.

130. — JEAN VAN GOYEN. *Ec. holl 1596-1666.*

Un large fleuve occupe la gauche et l'avant-plan. Au-delà du fleuve, nombreux bâtiments d'une ville dominée par un château fortifié. Sur le fleuve, un grand bateau de passeur transporte vers la ville un équipage seigneurial et quelques piétons.

Sur la barque, le monogramme J. V. G.

Bois 42 — 65.

131. — JEAN VAN GOYEN. *Ec holl. 1596-1666.*

La Meuse, devant Dordrecht, qui occupe tout l'arrière-plan. Plusieurs barques de pêche et une chaloupe sillonnent les eaux. Le temps est au calme plat avec une brise insensible. Les personnages, d'une exécution piquante, sont probablement, pour la plupart, dûs au pinceau d'Albert Cuyp.

Bois 54 — 74.

132. — JEAN VAN HAANSBERGEN. *Ec. holl. 1642-1705.*

L'assomption de la Vierge enlevée par un groupe d'anges

Bois 21 — 17.

133. — EGBERT VAN HEEMSKERK. *Ec. holl. 1610-1680.*
Dix personnages sont réunis dans un cabaret en trois groupes. Au centre, trois paysans assis autour d'un tonneau, l'un allumant sa pipe à un fourneau, un autre empoignant un broc ; un groupe de quatre à gauche, deux jouant aux cartes ; à droite, un groupe de trois assis près de l'âtre.

Bois 37 — 41.

134. — DANIEL VAN HEIL. *Ec. flam. 1604-1662.*
Canal glacé près d'un village ; de nombreux patineurs sillonnent le canal. Au fond est engagée une partie de crosse. A gauche, un cavalier fait l'aumône à un estropié.

Toile 39 — 55.

135. — JUSTE VAN HUYSUM. *Ec. holl. 1659-1716.*
Bouquet de fleurs variées artistement groupées

Toile 79 — 60.

136. — PIERRE VAN MONTFOORT. *Ec. holl. XVIIe siècle.*
Portrait d'homme coiffé d'un feutre noir et vêtu d'un manteau noir sur lequel retombe sa collerette bordée de guipure Il a la tête levée, dans l'attitude d'une grande attention.
Vente Neven, Cologne, 1879.

Bois 73 — 58.

137. — JACQUES VAN OOST LE JEUNE. *Ec. flam. 1639 1713.*
Portrait en buste de Marie-Anne Mancini, femme de Godefroy de la Tour, duc de Bouillon. Elle est représentée en Diane.

Toile ovale 72 — 57

138. — JACQUES VAN OOST LE JEUNE. *Ec. flam. 1639-1713.*
Portrait en buste de Diane-Gabrielle de Damas, femme de Louis-Jules Mancini-Mazarin, duc de Nivernais. Elle est représentée en Diane, avec corsage décolleté.

Toile ovale 72 — 57

130. — Attribué à VAN OOST.

Portrait d'une dame de la Cour de Louis XIV, vêtue d'un riche costume de soie brochée, avec écharpe rouge.

Toile ovale 68 — 54

140. — Isack VAN OSTADE. *Ec. holl. 1621 1649.*

Sur la place d'un village, un couple s'est installé sur un petit tertre à gauche et, de là, chante aux villageois assemblés la chanson nouvelle. Grâce aux exemplaires déjà distribués et vendus aux curieux, tout le monde accompagne, qui la chanson, qui le refrain. Fond de paysage.

Signé à gauche Isack Van Ostade.
Vente du Comte Koucheleff Besborodko. Paris 1869.
Vente Neven. Cologne 1879.

Bois 30 — 23

141. — Genre de VAN OSTADE.

Dans un coin d'abattoir, un bœuf écorché et écartelé est pendu à un bâton au plafond; sa dépouille gît par terre, à droite : largement peint.

Bois 59 — 44

142. — Pieter VAN SLINGELAND. *Ec. holl. 1640-1691.*

Jeune femme à mi-corps, debout, le bras sur un appui en pierre dans la cour d'un château. Elle est vue de trois quarts à gauche, tenant de la main droite un bouton de rose.

Signé sur le socle d'une statue.

Bois 19 — 16

143. — Gillis VAN TILBORGH. *Ec. flam. 1625-1678.*

Au moment de partir, un cavalier cause avec sa dame : à gauche sont assis leurs deux enfants.

Daté 1647.

Bois 62 — 48

144. — Henri VAN STEENWYCK le jeune. *Ec. holl. 1580-1648.*

Vue perspective de la nef principale d'un temple gothique coupée à moitié profondeur par le jubé formant entrée du chœur. Quinze personnages circulent dans diverses parties du temple.

Signé sur une colonne, à droite : Henricus V. S. 1604.
Vente Dupire. Valenciennes 1861.

Cuivre 32 — 41

145. — Henri VAN STEENWYCK le jeune. *Ec. holl. 1580-1648.*
Intérieur d'un temple à la porte duquel, au fond, veille un hallebardier profondément endormi. A droite, un ange conduit Saint Pierre qu'il délivre de prison.
Vente Tencé, Lille 1860.

Bois 23 — 28

146. — Abraham VERBOOM. *Ec. flam. XVIIe siècle.*
Lisière d'une forêt touffue traversée à droite par un large sentier où l'on voit deux personnages en marche et un colporteur au repos. A gauche, trois chasseurs.
Signé à gauche : A. V. Boom.

Toile 83 — 109.

147. — Pierre VERELST. *Ec. holl. XVIIe siècle.*
Un homme assis, le coude appuyé sur un tonneau, fume sa pipe. A terre, un broc à côté du tonneau.
Vente comte Van den Steen, Bruxelles, 1861.

Toile 27 — 22.

148. — Jan VICTORS. *Ec. holl. XVIIe siècle.*
Une jeune femme, élégamment vêtue et coiffée d'un chapeau de paille à larges bords, est debout devant une vieille qui lui dit la bonne aventure. L'impression du coloris d'ensemble est tout à fait rembranesque.
Vente Weyer, Cologne. 1862, présenté sous le nom de Rembrandt et acheté par M. Barthold Suermondt qui pensait reconnaître l'œuvre de Rembrandt, *Vertumne et Pomone* de composition analogue et de même dimension, achetée en 1776 à la vente Blondel de Gagny, par le marquis de Lassay.
Vente Neven, Cologne, 1879.

Toile 104 — 104.

149. — Jean WITHOOS *Ec. holl. 1648-1685.*
Paysage montagneux d'Italie avec ruines, et traversé à l'arrière-plan par une rivière. Au premier plan, au centre, un cavalier, un cheval sans cavalier et quelques ouvriers occupés à divers travaux.

Toile 46 — 70.

150. — Alida WITHOOS. *Ec. holl. XVIIe siècle.*
A droite, une étagère en pierre supportant plusieurs coupes contenant des fruits variés ; à côté, une corbeille de fleurs ; sur le devant, des cobayes.

Bois 21 — 31.

151 à 155. — MICHAELINA WAUTIER. *Ec. flam. XVIIe siècle.*

Cinq tableaux représentant les cinq sens :

La Vue. Un homme examine une pièce de monnaie qu'il a dans la main.

L'Ouïe. Un homme, coiffé d'un béret rouge, joue de la flûte.

L'Odorat. Un jeune garçon, coiffé d'un feutre et vêtu d'une blouse grise, indique par une grimace expressive son appréciation sur la fraîcheur de l'œuf qu'il vient de décapiter.

Le Goût. Jeune homme aux longs cheveux roux mangeant une tartine.

Le Toucher. Un jeune homme aux longs cheveux noirs, s'est fait une forte entaille en façonnant un morceau de bois.

Chaque tableau signé Michaëlina Wautier. 1650.
Vente de Malherbe, Valenciennes. 1883.

Toile 68 - - 58.

156. — JEAN WILS. *Ec. holl. XVIIe siècle.*

Paysage boisé et montagneux avec quelques personnages au centre ; deux bûcherons scient un tronc d'arbre.

Vente Van den Schrieck, Louvain. 1861.

Toile 99 — 119.

157. — PHILIPPE WOUWERMAN. *Ec. holl. 1619-1668.*

Intérieur d'une écurie de ferme où se trouvent quatre chevaux. Dans la cour de la ferme, une charrette chargée de foin ; près de la charrette, un personnage. Dans l'écurie, trois paysans, assis par terre, jouent aux dés.

Signé à gauche du monogramme du maître.
Provient du Musée royal de Dresde.

Bois 27 — 34.

158. — THOMAS WYCK. *Ec. holl. 1616-1677.*

Dans une grotte, auprès d'une fontaine, un chasseur cause à une dame. Un troisième personnage prend de l'eau à la fontaine à laquelle s'abreuve un chien. A droite, de jeunes garçons jouent avec un chien.

Vente Van den Steen, Bruxelles. 1861.

Bois 47 - 67.

159. — Pierre WOUWERMAN. *Ec. holl. 1623-1683.*

Un cavalier et sa dame sont arrêtés au pied d'une montagne devant l'échoppe d'un maréchal ferrant. La dame est restée en selle, le cavalier est descendu pour permettre de rattacher le fer de sa monture. A droite, un valet tenant deux chevaux. Fond montagneux.

Signé vers la droite : P. W.
Vente Dupire. Valenciennes. 1861.

Bois 25 — 32.

160. — Jean WYNANTS et WYNTRACK. *Ec. holl. XVII*e *siècle.*

Paysage s'étendant à perte de vue pour se terminer à une suite de montagnes peu élevées. Sur le devant, à gauche, une mare où barbotent des canards. A droite, trois personnages qui s'en vont au marché après avoir traversé la mare.

Signé au bas : J. Wynants. 1661.

Toile 86 — 69.

AVIS

Le Catalogue de la collection FOUCART était entièrement imprimé, quand, au moment de l'envoi, nous avons trouvé au milieu de sa Bibliothèque considérable, toute la série de Catalogues de Ventes et de Musées que nous avions vainement cherchés. Les numéros 201 et 202 mentionnent seulement 47 brochures ; il y en a plus de 400, qui formeront une vingtaine de lots. Les Catalogues de Ventes ont leur point initial en 1774.

Renseignements de pédigrée à ajouter aux tableaux suivants :

4. — NICOLAS BERCHEM. Loth et ses filles.
Vente Héris, Paris 1856.
Collection Beauvois 1875.

103. — JEAN STEEN. L'opérateur.
Vente du Comte d'Hane Steenhuyse, Paris 1860.
Vente du Comte Du Bus, Bruxelles 1882.

125. — ANTOINE VAN DYCK. Portrait de Corneille Vander Geest.
Vente Auguste Stevens, Paris 1867.
Vente du Comte Du Bus, Bruxelles 1882.

160. — JEAN WYNANTS et WYNTRACK. Paysage.
Collection Goffin, Valenciennes.

Jules de BRAUWERE.

12 Septembre 1898.

www.ingramcontent.com/pod-product-compliance
Ingram Content Group UK Ltd.
Pitfield, Milton Keynes, MK11 3LW, UK
UKHW021118260726
13994UKWH00002B/931